XIKAN DAOSHU
QIANCHONGLANG

喜看稻菽千重浪

中国历代田园诗选

国务院参事室中央文史研究馆研究中心（中华诗词研究院） 编

中国书籍出版社
China Book Press

图书在版编目（CIP）数据

喜看稻菽千重浪：中国历代田园诗选 / 国务院参事室中央文史研究馆研究中心（中华诗词研究院）编. —— 北京：中国书籍出版社，2024.6. —— ISBN 978-7-5068-9914-7

Ⅰ.I22

中国国家版本馆CIP数据核字第2024WC1184号

喜看稻菽千重浪：中国历代田园诗选

国务院参事室中央文史研究馆研究中心（中华诗词研究院）　编

责任编辑	朱　琳
责任印制	孙马飞　马　芝
封面设计	东方美迪
出版发行	中国书籍出版社
地　　址	北京市丰台区三路居路97号（邮编：100073）
电　　话	（010）52257143（总编室）　（010）52257140（发行部）
电子邮箱	eo@chinabp.com.cn
经　　销	全国新华书店
印　　刷	北京雅昌艺术印刷有限公司
开　　本	787毫米×1092毫米　1/16
字　　数	310千字
印　　张	23.75
版　　次	2024年6月第1版　2024年6月第1次印刷
书　　号	978-7-5068-9914-7
定　　价	80.00元

版权所有　翻印必究

编委会

主　任：高　雨　袁行霈

副主任：冯　远　王卫民　郑宏英　徐　畅

成　员：杨志新　王锡洋　张旭光　王　贺

　　　　马　骁

序

中国的田园诗发源于先秦两汉，成熟于魏晋南北朝，繁荣于唐代，变化于宋元，从明清至今一直不断传承和发展。现存时代最久远的田园题材诗歌，是文献中吉光片羽的古谣谚和《诗经》中的部分篇章，它们从不同侧面反映了先民们采集果实、捕鱼狩猎、刀耕火种、驯养禽畜、蚕桑纺织等生产生活。遗憾的是具体作者已不可考，创作年代也存在争议。

从魏晋南北朝至唐朝建立，这几百年的时间是中国古典诗歌加快发展演化的时期，陶渊明、谢灵运等一批诗人的出现，使田园诗成为一种典型诗歌类型。"暧暧远人村，依依墟里烟""种豆南山下，草盛豆苗稀""采菊东篱下，悠然见南山""千顷带远堤，万里泻长汀""靡迤趋下田，迢递瞰高峰"等诗句深深地刻入了中华民族的文化记忆中。

唐朝是中国古典诗歌的高峰，瑰丽璀璨，多姿多彩。田园诗在这一时期达到了空前繁荣。王维、孟浩然、储光羲等一批山水田园诗人的出现，使中国古代田园诗开始变得蔚为大观。王维的"漠漠水田飞白鹭，阴阴夏木啭黄鹂""渡头馀落日，墟里上孤烟",孟浩然的"开轩面场圃,把酒话桑麻",杜甫的"清江一曲抱村流,长夏江村事事幽",白居易的"夜来南风起,小麦覆陇黄",李绅的"锄禾日当午,汗滴禾下土",柳宗元的"风高榆柳疏,霜重梨枣熟"等,都是被高度经典化了的诗歌名句。

由五代到宋,词作为一种新生的文学体式也开始了独特的田园书写,苏轼的"簌簌衣巾落枣花,村南村北响缫车",辛弃疾的"稻花香里说丰年,听取蛙声一片"读起来别具风情。这一时期,也是田园诗逐渐走向内容更广阔、描写更细腻、抒情更动人、说理更透彻的变化期,名篇佳作频出,王禹偁的"万壑有声含晚籁,数峰无语立斜阳",苏轼的"西崦人家应最乐,煮芹烧笋饷春耕",陆游的"莫笑农家腊酒浑,丰年留客足鸡豚",范成大的"昼出耘田夜绩麻,村庄儿女各当家",翁卷的"绿遍山原白满川,子规声里雨如烟"等至今依然脍炙人口。明清以后,田园诗作为一种传统诗歌题材,继续发展传承,作品浩如烟海。

国务院参事室中央文史研究馆研究中心(中华诗词研究院)组织力量,编辑出版《喜看稻菽千重浪——中国历代田园诗选》。本书的选编以学术性、文学性、史料性为指导原则,较为完整地呈现了中国历代田园诗的基本轮廓与发展流变。所谓学术性,是指关注历史纵深,以学术的价值观和方法论,选编在中国诗歌史、农业文明史中具有典型意义的作品。所谓文学性,是指

序

在文艺美学的范畴下尽量选取思想价值、艺术水准、读者接受程度都较高的作品。所谓史料性，是指作品在历史价值的呈现上尽量具有"时代性""真实性""典型性"。本书从历代总集、别集中选出五百馀首具有代表性的田园诗，内容既包含了传统意义上的田园诗，也涵盖了古近各体诗歌中反映农民生活、表现农村风光、吟咏农业生产、议论农业政策的一些作品。

希望本书的编辑出版能够对中华优秀传统文化的接续传承和繁荣发展起到促进作用，中华优秀的诗词文化越来越受到大家的喜爱。

国务院参事室党组书记、主任　高　雨
2024 年 5 月 15 日

目 录

序 …………………………………………………… 1
凡 例 ………………………………………………… 1

先 秦 ………………………………………………… 1
　《诗经》 ………………………………………… 2
　　周南·芣苢 …………………………………… 2
　　魏风·伐檀 …………………………………… 3
　　魏风·十亩之间 ……………………………… 5
　　豳风·七月 …………………………………… 6
　　小雅·甫田 …………………………………… 9
　　周颂·丰年 …………………………………… 11
　古谣谚 …………………………………………… 12
　　击壤歌 ………………………………………… 12
　　祠田辞 ………………………………………… 13
　　伊耆氏蜡辞 …………………………………… 14
　　弹　歌 ………………………………………… 15

农　语 …………………………………………… 16

汉 …………………………………………………… 17

刘　章 ……………………………………………… 18
耕田歌 …………………………………………… 18

杨　恽 ……………………………………………… 19
拊缶歌 …………………………………………… 19

张　衡 ……………………………………………… 20
歌 ………………………………………………… 20

无名氏 ……………………………………………… 21
郑白渠歌 ………………………………………… 21

汉乐府 ……………………………………………… 22
江　南 …………………………………………… 22

魏晋南北朝 ………………………………………… 23

曹　植 ……………………………………………… 24
喜　雨 …………………………………………… 24

夏侯湛 ……………………………………………… 25
春可乐 …………………………………………… 25

陶渊明 ……………………………………………… 26
劝　农 …………………………………………… 26
归园田居五首（选三）………………………… 27
移居二首（选一）……………………………… 29

和郭主簿二首（选一）	29
癸卯岁始春怀古田舍二首（选一）	30
庚戌岁九月中于西田获早稻	30
饮酒二十首（选一）	31
谢灵运	32
白石岩下径行田	32
种　桑	33
田南树园激流植楥	34
沈　约	35
行　园	35
萧　衍	36
藉　田	36
谢　朓	37
赋贫民田	37
祀敬亭山春雨	38
周　舍	39
还田舍	39
何　逊	40
野夕答孙郎擢	40
庾　信	41
归　田	41
杏　花	42

北朝民歌·· 43
　敕勒歌·· 43

唐··· 45

王　绩·· 46
　野　望·· 46

寒　山·· 47
　诗三首·· 47

卢照邻·· 49
　山林休日田家·· 49
　春晚山庄率题二首（选一）·· 50

王　勃·· 51
　春日还郊·· 51

宋之问·· 52
　陆浑山庄·· 52
　春日山家·· 52

孟浩然·· 53
　田园作·· 53
　采樵作·· 54
　南山下与老圃期种瓜·· 54
　田家元旦·· 55
　过故人庄·· 55

祖　咏·· 56
　田家即事 ·· 56

王　维·· 57
　渭川田家 ·· 57
　春中田园作 ··· 57
　新晴野望 ·· 58
　辋川闲居赠裴秀才迪 ·· 58
　山居秋暝 ·· 59
　山居即事 ·· 59
　春园即事 ·· 59
　淇上田园即事 ·· 60
　凉州郊外游望 ·· 60
　田　家 ··· 61
　积雨辋川庄作 ·· 61
　田园乐七首（选三）··· 62

李　白·· 63
　下终南山过斛斯山人宿置酒 ··· 63
　宿五松山下荀媪家 ·· 64

丘　为·· 65
　题农父庐舍 ··· 65

储光羲·· 66
　田家即事 ·· 66
　田家杂兴八首（选四）·· 67

— 5 —

李 颀 ·· 69
晚归东园 ·· 69

杜 甫 ·· 70
泛 溪 ·· 70
种莴苣并序 ·· 71
绝句六首（选一） ······································ 72
为 农 ·· 73
田 舍 ·· 73
春 水 ·· 74
竖子至 ·· 74
秦州杂诗二十首（选一） ································ 75
遣意二首（选一） ······································ 75
屏迹三首（选一） ······································ 76
茅堂检校收稻二首 ····································· 76
绝句四首（选二） ······································ 77
绝句漫兴九首（选二） ·································· 77
江 村 ·· 78
客 至 ·· 78

岑 参 ·· 79
渔 父 ·· 79

萧颖士 ·· 80
山庄月夜作 ·· 80

杨　颜 ·········· 81
　田　家 ·········· 81

包　何 ·········· 82
　江上田家 ·········· 82

李嘉祐 ·········· 83
　白田西忆楚州使君弟 ·········· 83
　登楚州城望驿路十馀里山村竹林相次交映 ·········· 83

皇甫冉 ·········· 84
　田家作 ·········· 84

元　结 ·········· 85
　漫歌八曲（选一） ·········· 85

司空曙 ·········· 86
　田　家 ·········· 86

钱　起 ·········· 87
　南溪春耕 ·········· 87
　九日田舍 ·········· 87

孟云卿 ·········· 88
　田园观雨兼晴后作 ·········· 88

顾　况 ·········· 89
　过山农家 ·········· 89

于良史 ·········· 90
　田家秋日送友 ·········· 90

张志和 ·· 91
　渔父歌五首 ·· 91
韦应物 ·· 93
　观田家 ·· 93
　野　居 ·· 94
刘长卿 ·· 95
　偶然作 ·· 95
权德舆 ·· 96
　田家即事 ·· 96
张　籍 ·· 97
　野老歌 ·· 97
　江村行 ·· 98
王　建 ·· 99
　田家行 ·· 99
　雨过山村 ·· 100
白居易 ·· 101
　归　田 ·· 101
　观刈麦 ·· 102
　观　稼 ·· 103
　春　村 ·· 104
刘禹锡 ·· 105
　插田歌 ·· 105
　竹枝词九首（选一） ······················ 106

目 录

李　绅 ·· 107
　悯农二首 ··· 107
柳宗元 ·· 108
　田家三首 ··· 108
元　稹 ·· 110
　村花晚 ··· 110
章孝标 ·· 111
　长安秋夜 ··· 111
李德裕 ·· 112
　忆春耕 ··· 112
李　涉 ·· 113
　山　中 ··· 113
　牧童词 ··· 113
施肩吾 ·· 114
　岛夷行 ··· 114
欧阳衮 ·· 115
　田　家 ··· 115
许　浑 ·· 116
　村　舍 ··· 116
　春日题韦曲野老村舍二首 ·· 117
杜　牧 ·· 118
　村　行 ··· 118

温庭筠 ································· 119
烧　歌 ································· 119

李商隐 ································· 121
赠田叟 ································· 121

曹　邺 ································· 122
田家效陶 ······························· 122

刘　驾 ································· 123
牧　童 ································· 123

于　濆 ································· 124
山村晓思 ······························· 124

王　驾 ································· 125
社　日 ································· 125

聂夷中 ································· 126
伤田家 ································· 126

陆龟蒙 ································· 127
奉和夏初袭美见访题小斋次韵 ·········· 127

杜荀鹤 ································· 128
题田翁家 ······························· 128
山中寡妇 ······························· 128

吕从庆 ································· 129
薄暮步村径 ···························· 129
阅田禾 ································· 129

崔道融 …………………………………… 130
　溪居即事 ………………………………… 130

五　代 ……………………………………… 131
贯　休 ……………………………………… 132
　秋晚野步 ………………………………… 132
　春野作五首（选一）……………………… 132
颜仁郁 ……………………………………… 133
　农　家 …………………………………… 133
李建勋 ……………………………………… 134
　田家三首（选二）………………………… 134
刘昭禹 ……………………………………… 135
　田　家 …………………………………… 135
成彦雄 ……………………………………… 136
　村　行 …………………………………… 136
李　中 ……………………………………… 137
　村　行 …………………………………… 137
徐　铉 ……………………………………… 138
　秋日卢龙村舍 …………………………… 138
钱　俶 ……………………………………… 139
　村　家 …………………………………… 139
刘　兼 ……………………………………… 140
　莲塘霁望 ………………………………… 140

宋 ········· 141

王禹偁 ········· 142
村　行 ········· 142
畲田词 五首并序 ········· 142

林　逋 ········· 144
耨　田 ········· 144

梅尧臣 ········· 145
田　家 ········· 145
陶　者 ········· 145

欧阳修 ········· 146
归田四时乐春夏二首 ········· 146

苏舜钦 ········· 148
晚　意 ········· 148

王安石 ········· 149
钟山晚步 ········· 149
书湖阴先生壁二首（选一） ········· 149
和圣俞农具诗十五首（选五） ········· 150

苏　轼 ········· 152
新城道中二首 ········· 152
东坡八首并叙（选六） ········· 153
浣溪沙 徐州石潭谢雨，道上作五首 ········· 156

黄庭坚 ········· 157
渔父二首（选一） ········· 157

按　田 ……………………………………	157
孔平仲……………………………………	159
禾熟三首 …………………………………	159
秦　观 ……………………………………	160
田居四首 …………………………………	160
贺　铸 ……………………………………	163
题皖山北濒江田舍 ………………………	163
和崔若拙四时田家词四首 ………………	163
喜　雨 ……………………………………	164
陈师道 ……………………………………	166
田　家 ……………………………………	166
张　耒 ……………………………………	167
夏日十二首（选一） ……………………	167
腊日四首（选一） ………………………	167
早起观雨 …………………………………	168
村　晚 ……………………………………	168
田家二首 …………………………………	169
田家三首（选二） ………………………	169
周邦彦 ……………………………………	171
楚村道中二首（选一） …………………	171
春　雨 ……………………………………	171
张舜民 ……………………………………	172
村　居 ……………………………………	172

王庭珪 ································· 173
　二月二日出郊 ······················· 173

周紫芝 ································· 174
　五禽言五首（选二）··············· 174

曾　几 ································· 175
　苏秀道中自七月二十五日夜大雨三日秋苗以苏喜而有作 175
　途中二首（选一）·················· 175

吕本中 ································· 176
　田家漫兴二首 ······················· 176

陈与义 ································· 178
　早　行 ······························· 178
　罗江二绝 ···························· 178
　将至杉木铺望野人居 ··············· 179

刘子翚 ································· 180
　策　杖 ······························· 180
　田　家 ······························· 180

陆　游 ································· 181
　游山西村 ···························· 181
　时　雨 ······························· 181
　小园四首（选二）·················· 182
　蔬　圃 ······························· 183
　农　家 ······························· 183
　农家歌 ······························· 184

— 14 —

农事稍闲有作 …………………………… 184

农圃歌 …………………………………… 185

夜闻邻家治稻 …………………………… 186

社日小饮二首（选一） ………………… 186

农桑四首（选一） ……………………… 186

种菜四首（选一） ……………………… 187

晚秋农家八首（选一） ………………… 187

范成大 …………………………………… 188

四时田园杂兴六十首（选十） ………… 188

初夏二首 ………………………………… 191

浣溪沙 江村道中 ……………………… 191

杨万里 …………………………………… 192

悯　农 …………………………………… 192

晓登多稼亭三首（选一） ……………… 192

插秧歌 …………………………………… 193

秧　畴 …………………………………… 193

麦　田 …………………………………… 193

田家乐 …………………………………… 194

圩田二首 ………………………………… 194

桑茶坑道中八首（选一） ……………… 195

至后入城道中杂兴十首（选一） ……… 195

暮行田间二首 …………………………… 195

农家六言 ………………………………… 196

宿新市徐公店二首（选一） ……………………………… 196

尤　袤 ……………………………………………………… 197

　　正月二十八日夜大雪 …………………………………… 197

陈　造 ……………………………………………………… 198

　　田家叹 …………………………………………………… 198

　　同沈守劝农十首（选四） ……………………………… 199

王　质 ……………………………………………………… 200

　　芜湖道中 ………………………………………………… 200

章　甫 ……………………………………………………… 201

　　田家苦 …………………………………………………… 201

辛弃疾 ……………………………………………………… 202

　　西江月　夜行黄沙道中 ………………………………… 202

　　清平乐　村居 …………………………………………… 202

　　鹧鸪天　戏题村舍 ……………………………………… 203

　　鹊桥仙　山行书所见 …………………………………… 203

　　满江红　山居即事 ……………………………………… 204

　　鹧鸪天　代人赋 ………………………………………… 204

　　鹧鸪天　游鹅湖醉书酒家壁 …………………………… 205

　　浣溪沙　常山道中 ……………………………………… 205

姜　夔 ……………………………………………………… 206

　　萧　山 …………………………………………………… 206

徐　玑 ……………………………………………………… 207

　　一　雨 …………………………………………………… 207

新　凉 ………………………………………… 207
翁　卷 …………………………………………… 208
　乡村四月 ……………………………………… 208
戴复古 …………………………………………… 209
　宿农家 ………………………………………… 209
　夜宿田家 ……………………………………… 209
　山　村 ………………………………………… 210
赵师秀 …………………………………………… 211
　德安道中 ……………………………………… 211
　约　客 ………………………………………… 211
华　岳 …………………………………………… 212
　田家十绝（选一） …………………………… 212
高　翥 …………………………………………… 213
　秋日田父辞二首 ……………………………… 213
　江居晓咏 ……………………………………… 214
　首　夏 ………………………………………… 214
赵汝燧 …………………………………………… 215
　陇　首 ………………………………………… 215
　憩农家 ………………………………………… 215
洪咨夔 …………………………………………… 217
　悯　农 ………………………………………… 217
虞似良 …………………………………………… 218
　横溪堂春晓 …………………………………… 218

刘克庄 ··· 219
    田舍即事十首（选一）··················· 219
    田舍二首（选一）····················· 219

叶绍翁 ··· 220
    田家三咏 ··························· 220

方　岳 ··· 221
    农谣（选二）························· 221
    次韵田园居 ·························· 222
    田家乐 ····························· 222

吴文英 ··· 223
    江城子 喜雨上麓翁 ··················· 223
    烛影摇红 越上霖雨应祷 ··············· 223

利　登 ··· 224
    田家即事 ··························· 224

乐雷发 ··· 225
    秋日行村路 ·························· 225

周　密 ··· 226
    野　步 ····························· 226

金　元 ··· 227

元好问 ··· 228
    岳山道中 ··························· 228

乙卯二月二十一日归自汴梁二十五日夜久旱而雨偶记
　　内乡一诗追录于此今三十年矣 …………………… 228
　　后湾别业 ……………………………………………… 229
耶律楚材 ………………………………………………… 230
　　西域河中十咏（选一） ………………………………… 230
戴表元 …………………………………………………… 231
　　鄞塘田家 ……………………………………………… 231
　　耕　休 ………………………………………………… 231
杨　载 …………………………………………………… 232
　　喜　晴 ………………………………………………… 232
萨都剌 …………………………………………………… 233
　　常山纪行（选三） ……………………………………… 233
虞　集 …………………………………………………… 234
　　田　舍 ………………………………………………… 234
范　梈 …………………………………………………… 235
　　邻　灯 ………………………………………………… 235
揭傒斯 …………………………………………………… 236
　　渔　父 ………………………………………………… 236
王　冕 …………………………………………………… 237
　　村居四首 ……………………………………………… 237
　　山中杂兴二十首（选二） ……………………………… 238
杨维桢 …………………………………………………… 240
　　劭农篇 ………………………………………………… 240

明 241

袁 凯 242
耕 田 242

张 羽 243
踏水车谣 243
江村夏日 244

杨 基 245
句曲秋日郊居杂兴十首（选二）......245
江村杂兴（选二）......246

徐 贲 247
闲 居 247
题田家 247
田家行 248

高 启 249
晚晴东皋步眺 249
田园书事 249
田舍夜舂 250
夜至阳城田家 250
耕 250
牧 251

李东阳 252
西湖曲 五首（选一）......252
东作庄 252

茶陵竹枝歌十首（选二） ………………………… 253

王九思 ……………………………………………… 254

　　西郡杂咏十首（选四） …………………………… 254

　　雷 …………………………………………………… 255

　　和杏村喜雨二首（选一） ………………………… 255

　　八　月 ……………………………………………… 256

李梦阳 ……………………………………………… 257

　　柬黄子二首（选一） ……………………………… 257

　　田园雨芜客过三首（选一） ……………………… 257

　　田园杂诗五首（选一） …………………………… 258

　　早起庄上 …………………………………………… 258

边　贡 ……………………………………………… 259

　　故山道中二首（选一） …………………………… 259

　　插秧歌 ……………………………………………… 259

　　田　家 ……………………………………………… 260

何景明 ……………………………………………… 261

　　津市打鱼歌 ………………………………………… 261

谢　榛 ……………………………………………… 262

　　晚登沁州城有感（选一） ………………………… 262

　　孟县道中（选一） ………………………………… 262

　　渔　妇 ……………………………………………… 263

　　溪上杂兴（选一） ………………………………… 263

- 21 -

李攀龙 ································ 264
 秋日村居（选一） ················ 264

宗　臣 ································ 265
 楚阳曲（选一） ···················· 265

王世贞 ································ 266
 暮秋村居即事（选一） ············ 266
 夏日村居杂兴十绝（选二） ······· 266

袁宏道 ································ 268
 村居杂题（选一） ················· 268

锺　惺 ································ 269
 秣陵桃叶歌（选一） ··············· 269

谭元春 ································ 270
 麦枯鸟 ····························· 270
 渔父词 ····························· 270

陈子龙 ································ 271
 仲春田居即事（选二） ············ 271
 初夏绝句（选二） ················· 272

清 ······································ 273

钱谦益 ································ 274
 山庄八景诗（选一） ··············· 274
 奉常王烟客先生见示西田园记寄题十二绝句（选二） ··· 275

冯 班 ……276
村居月夜 ……276

阎尔梅 ……277
采桑曲 ……277

吴伟业 ……278
西田诗（选二） ……278
意难忘 山家 ……280

黄宗羲 ……281
山居杂咏 ……281

宋 琬 ……282
春日田家 ……282

吴嘉纪 ……283
宿白米村 ……283
送分司汪苕斯先生归钱塘（选一） ……283
堤决诗（选一） ……284

施闰章 ……285
春雨即事 ……285
水 东 ……285
安成至庐陵道中作 ……286
西山即事 ……286

王夫之 ……287
偶 望 ……287

陈维崧 … 288

解踩蹚 秋雨夜宿田舍 … 288

东风齐着力 田家 … 288

浣溪沙 陆上慎移居东郊二首（选一） … 289

金浮图 夜宿翁村时方刈稻苦雨不绝词纪田家语 … 289

朱彝尊 … 290

夜宿澜石村舍 … 290

鸳鸯湖棹歌一百首（选二） … 290

齐天乐 芋 … 291

梁佩兰 … 292

放　牛 … 292

新　苗 … 292

南归杂吟（选二） … 293

采茶歌 … 293

屈大均 … 295

西园五首（选三） … 295

秋收后作 … 296

捕蟹辞六首（选三） … 297

陈恭尹 … 298

新　苗 … 298

曹贞吉 … 299

卜算子 秧针 … 299

王士禛 …… 300

见田家饭牛者意有所感赋得牛饭就松凉 …… 300

华阴道中 …… 300

山中有虫声如击磬甚清越蜀人谓之山子又有花名龙爪
　甚艳偶成绝句 …… 301

峄山即事 …… 301

查慎行 …… 302

东田看稻 …… 302

梁溪道中 …… 302

涿州道中书所见 …… 303

武夷采茶词四首（选二） …… 303

纳兰性德 …… 304

渔　父 …… 304

南乡子 秋暮村居 …… 304

郁永河 …… 305

台湾竹枝词十二首（选二） …… 305

方登峄 …… 306

村　北 …… 306

赵执信 …… 307

田庄赠十一弟 …… 307

获鹿至井陉道中三首（选一） …… 307

沈德潜 …… 308

田家四时辞（选二） …… 308

厉鹗 309
夏日田园杂兴 309
秋半苦雨 309

郑燮 310
村居 310

袁枚 311
劝农歌（选二） 311
刈稻江北作（选一） 312

蒋士铨 313
田家小憩有作 313

赵翼 314
青田道中 314
消夏绝句（选一） 314

翁方纲 315
春耕行二首 315
水车三首（选一） 316

范咸 317
台江杂咏十二首（选一） 317

秦士望 318
彰化八景（选一） 318

黄景仁 319
山行 319
春兴 319

目 录

章　甫 ·· 320
　　沙鲲渔火 ·· 320
张问陶 ·· 321
　　看青人 ··· 321
阮　元 ·· 322
　　吴兴杂诗 ·· 322
祁寯藻 ·· 323
　　巴陵道上 ·· 323
　　过洞庭西湖三首（选一）·· 323
　　潜山道中十首（选二）·· 324
魏　源 ·· 325
　　江南吟十首（选一）··· 325
李振钧 ·· 326
　　田家小饮（选二）·· 326
何绍基 ·· 327
　　由澧州至荆州舟中作（选二）·· 327
郑　珍 ·· 328
　　网篱行并序 ·· 328
　　播州秧马歌并序 ··· 329
　　山居夏晚 ·· 330
李慈铭 ·· 331
　　初夏舟出徐山村缘梅里尖之麓至清水闸二首 ··············· 331

— 27 —

樊增祥 ·· 332
　潜江杂诗十六首（选三）···················· 332

黄遵宪 ·· 333
　己亥杂诗（选二）······························· 333

陈宝琛 ·· 334
　三月廿四日再访小帆韧叟涞水村居（选一）············ 334

陈三立 ·· 335
　田家和叔舆 ·· 335
　溪行（选一）······································ 335

易顺鼎 ·· 336
　榕城杂咏（选一）······························· 336
　山中杂题七绝五首（选一）·················· 336

丘逢甲 ·· 337
　山村即目 ·· 337
　饶平杂诗十六首（选一）······················ 338

梁启超 ·· 339
　辛亥三月薄游台湾主雾峰之莱园献堂三兄属题园中名
　　胜得十二绝句（选一）······················ 339

李宣龚 ·· 340
　夹江即目 ·· 340

凡　例

一、本书所选田园诗之时间，上起先秦，下至清末。

二、本书收录田园诗以传统意义上的田园诗为主，也涉及与田园生活密切相关的、反映广义农业生产的诗歌，包含种植业、林业、畜牧业、水产业、缫丝等副业，亦包含农业政策等。

三、本书所收作品，体裁包含古代歌谣、古近各体诗、词。

四、作品以朝代顺序为线，按照作者生年先后排序，生卒年不详的作者暂时按照其活动的大致年代排序。

五、由于《诗经》年代较远，文辞古雅，编者作了简注。

先秦

《诗经》

周南·芣苢[1]

采采[2]芣苢,薄言采之。采采芣苢,薄言有[3]之。
采采芣苢,薄言掇[4]之。采采芣苢,薄言捋之。
采采芣苢,薄言袺之。采采芣苢,薄言襭之。

---

[1] 芣(fú)苢(yǐ):又作"芣苡",野生植物名,可食。《毛传》认为芣苢是车前草,近现代以来学者多认为芣苢是薏苡,果实去壳后即薏仁米。
[2] 采采:茂盛的样子
[3] 有:藏。一说为"若"字之误。若,择取。
[4] 掇(duō)、捋(luō)、袺(jié)、襭(xié):皆为摘取、拾取之意。

先　秦

魏风·伐檀

坎坎伐檀兮¹，寘之河之干兮²。河水清且涟猗。不稼不穑³，胡取禾三百廛兮⁴？

不狩不猎⁵，胡瞻尔庭有县貆兮⁶？彼君子兮，不素餐兮⁷！

坎坎伐辐兮⁸，寘之河之侧兮。河水清且直猗。不稼不穑，胡取禾三百亿兮⁹？

不狩不猎，胡瞻尔庭有县特兮¹⁰？彼君子兮，不素食兮！

坎坎伐轮兮，寘之河之漘兮¹¹，河水清且沦猗。不稼

1　坎坎：伐木声。
2　寘（zhì）：置，放置。干：河岸。
3　稼：种谷。穑：收谷。
4　廛（chán）：束，捆。
5　狩（shòu）：冬天打猎。
6　县：同"悬"，挂。貆（huān）：兽名，指幼貉。
7　素餐：白吃饭。
8　辐（fú）：车轮中直木。
9　亿：数目的名称。
10　特：三岁的兽。
11　漘（chún）：河岸。

不稼，胡取禾三百囷兮[1]？

不狩不猎，胡瞻尔庭有县鹑兮？彼君子兮，不素飧兮[2]！

---

1 囷（qūn）：圆形的谷仓。
2 飧（sūn）：熟食。

魏风·十亩之间[1]

十亩之间兮,桑者闲闲兮。行与子还兮[2]。
十亩之外兮,桑者泄泄兮[3]。行与子逝兮[4]。

---

1 十亩:形容地很大。
2 行:走。一说将要。
3 泄(yì)泄:和乐的样子。一说人多的样子。
4 逝:还,返回。

豳风·七月

七月流火[1]，九月授衣[2]。一之日觱发[3]，二之日栗烈[4]。无衣无褐[5]，何以卒岁？三之日于耜[6]，四之日举趾[7]。同我妇子，馌彼南亩[8]。田畯至喜[9]。

七月流火，九月授衣。春日载阳[10]，有鸣仓庚。女执懿筐[11]，遵彼微行[12]，爰求柔桑。春日迟迟，采蘩祁祁[13]。女心伤悲，殆及公子同归[14]。

七月流火，八月萑苇[15]。蚕月条桑[16]，取彼斧斨[17]，以

---

1 七月流火：一年从秋季开始，火星自西而下，谓之流火。
2 授衣：分发寒衣。
3 一之日：周历一月，夏历十一月，以下类推。觱（bì）发：寒风吹起。
4 栗烈：寒气袭人。
5 褐（hè）：粗布衣服。
6 耜（sì）：古代的一种农具。
7 举趾：抬足，这里指下地种田。
8 馌（yè）：往田里送饭。南亩：南边的田地。
9 田畯（jùn）：农官。
10 阳：暖和。
11 懿（yì）筐：深筐。
12 微行：小路。
13 蘩：白蒿。祁祁：人多的样子。
14 殆：怕。公子：诸侯的女儿。同归：指去作妾婢。
15 萑（huán）苇：芦苇。
16 蚕月：养蚕的月份。条：修剪。
17 斧斨（qiāng）：装柄处圆孔的叫斧，方孔的叫斨。

伐远扬[1]，猗彼女桑[2]。七月鸣鵙[3]，八月载绩[4]。载玄载黄，我朱孔阳，为公子裳。

四月秀葽[5]，五月鸣蜩[6]。八月其获，十月陨萚[7]。一之日于貉，取彼狐狸，为公子裘。二之日其同，载缵武功[8]。言私其豵[9]，献豜于公[10]。

五月斯螽动股[11]，六月莎鸡振羽[12]。七月在野，八月在宇，九月在户，十月蟋蟀入我床下。穹窒熏鼠[13]，塞向墐户[14]，嗟我妇子，曰为改岁，入此室处。

六月食郁及薁[15]，七月亨葵及菽[16]。八月剥枣，十月获稻。为此春酒，以介眉寿[17]。七月食瓜，八月断壶[18]，九月

---

1 远扬：又长又高的桑枝。
2 猗彼女桑：用绳拉着采桑。
3 鵙（jú）：伯劳鸟。
4 绩：织麻布。
5 秀：草木结籽。葽（yāo）：草名。
6 蜩（tiáo）：蝉，知了。
7 陨：落下。萚（tuò）：枝叶脱落。
8 缵：继续。武功：指打猎。
9 豵（zōng）：小野猪。
10 豜（jiān）：大野猪。
11 斯螽（zhōng）：一种鸣虫，鸣叫时要弹动腿。
12 莎鸡：纺织娘，一种虫。
13 穹：穷，尽。窒：堵塞。
14 向：朝北的窗户。墐：用泥涂抹。
15 郁：郁李。薁（yù）：蘡薁。落叶藤本植物。
16 亨：烹。葵、菽：蔬菜名。
17 介：求取。眉寿：长寿。
18 壶：同"瓠"，葫芦。

叔苴[1]。采荼薪樗[2],食我农夫。

九月筑场圃,十月纳禾稼。黍稷重穋[3],禾麻菽麦。嗟我农夫。我稼既同,上入执宫功[4]。昼尔于茅,宵尔索绹[5]。亟其乘屋[6],其始播百谷。

二之日凿冰冲冲,三之日纳于凌阴[7]。四之日其蚤[8],献羔祭韭。九月肃霜,十月涤场[9]。朋酒斯飨[10],曰杀羔羊。跻彼公堂[11],称彼兕觥[12],万寿无疆。

1　叔:抬起。苴(jū):麻籽。
2　荼(tú):苦菜。薪:砍柴。樗(chū):臭椿树。
3　重:晚熟作物。穋(lù):早熟作物。
4　上:同"尚"。宫功:修建宫室。
5　索绹(táo):搓绳子。
6　亟:急忙。乘屋:爬上房顶去修理。
7　凌阴:冰室。
8　蚤:同"早"。
9　涤场:打扫场院。
10　朋酒:两壶酒。飨(xiǎng):用酒食招待客人。
11　跻(jī):登上。
12　称:举起。兕觥(sìgōng):古时的酒器。

先　秦

小雅·甫田

倬彼甫田[1]，岁取十千。我取其陈[2]，食我农人。自古有年[3]，今适南亩。或耘或耔[4]，黍稷薿薿[5]。攸介攸止[6]，烝我髦士[7]。

以我齐明[8]，与我牺羊[9]，以社以方[10]。我田既臧，农夫之庆。琴瑟击鼓，以御田祖[11]。以祈甘雨，以介我稷黍，以穀我士女。

曾孙来止[12]，以其妇子。馌彼南亩[13]，田畯至喜[14]。攘

1　倬（zhuō）：大。甫田：大田。
2　陈：这里指陈旧的粮食。
3　有年：丰收年
4　耘（yún）：锄草。耔（zǐ）：培土。
5　薿（nǐ）薿：茂盛的样子。
6　攸：乃，就。介：长大。止：至。
7　烝：进呈，进献。髦士：英俊人士。
8　齐（zī）明：即粢盛，祭祀用的谷物。
9　牺：祭祀用的纯毛牲口
10　社：祭土地神。方：祭四方神。
11　御（yà）：同"迓"，迎接。田祖：指神农氏。
12　曾孙：周王祭神时自称。止：语助词。
13　馌（yè）：送饭。
14　田畯（jùn）：农官。

其左右[1]，尝其旨否。禾易长亩[2]，终善且有。曾孙不怒，农夫克敏[3]。

曾孙之稼，如茨如梁[4]。曾孙之庾[5]，如坻如京[6]。乃求千斯仓，乃求万斯箱。黍稷稻粱，农夫之庆。报以介福[7]，万寿无疆。

1　攘：通"让"，这里指分给左右。
2　易：治理。
3　克：能。敏：勤快。
4　茨（cí）：屋盖，形容圆形谷堆。梁：桥梁，形容长方形谷堆。
5　庾（yǔ）：露天的谷仓。
6　坻（chí）：小丘。京：高丘。
7　介福：大福。

先 秦

周颂·丰年

丰年多黍多稌[1],亦有高廪,万亿及秭[2]。

为酒为醴[3],烝畀祖妣[4]。

以洽百礼[5],降福孔皆[6]。

---

1 黍(shǔ):小米。稌(tú):稻子,稻谷。
2 万亿及秭(zǐ):周代以十千为万,十万为亿,十亿为秭。万、亿、秭,都是形容数量极多。
3 醴(lǐ):甜酒。
4 烝(zhēng):进献。畀(bì):给予。祖妣(bǐ):指男女祖先。
5 洽(qià):合于,配合。
6 孔:很,甚。皆:普遍,多。

古谣谚

击壤歌

《论衡·感虚》曰:"尧时,五十之民,击壤于涂。观者曰:'大哉,尧之德也!'击壤者曰云云。尧时已有井矣。"

> 日出而作。
> 日入而息。
> 凿井而饮。
> 耕田而食。
> 尧何等力?

——《论衡·感虚》

祠田辞

《文心雕龙》曰:"舜之祠田云云。利民之志。颇形于言矣。"

荷此长耜。
耕彼南亩。
四海俱有。

——《文心雕龙·祝盟》

伊耆氏蜡辞

《礼记》曰:"伊耆氏始为蜡。蜡也者。索也。岁十二月合聚万物而索飨之也。古之君子。使之必报之。祭坊与水庸事也。曰云云。"

土反其宅。水归其壑。
昆虫勿作。草木归其泽。

——《礼记·郊特牲》

弹 歌

《吴越春秋》曰:"越王欲谋复吴。范蠡进善射者陈音。音。楚人也。越王请音而问曰:孤闻子善射。道何所生。音曰:臣闻弩生于弓。弓生于弹。弹起于古之孝子。不忍见父母为禽兽所食。故作弹以守之。歌曰云云。"

断竹。续竹。
飞土。逐肉。

——《吴越春秋·勾践阴谋外传》

农　语

崔寔曰："正月可种豍豆。二月可种大豆。又曰云云。可种大豆，谓之上时。四月，时雨降，可种大、小豆。美田欲稀，薄田欲稠。"

二月昏，参星夕。

杏花盛，桑椹赤。

——《齐民要术》卷二

汉

刘 章

刘章（前200—前177），汉高祖刘邦之孙，齐悼惠王刘肥次子。吕后称制期间受封朱虚侯，后因诛灭吕氏有功，加封城阳王。汉文帝三年（前177）去世，谥号为"景"。

耕田歌

深耕溉种，立苗欲流。
非其种者，锄而去之。

——《史记》

杨 恽

杨恽（？—前54），字子幼，弘农华阴（今陕西华阴）人。其母为司马迁之女。补常侍骑，擢为左曹，迁中郎将，后擢为光禄勋。

拊缶歌

田彼南山，芜秽不治。
种一顷豆，落而为萁。
人生行乐耳，须富贵何时。

——《汉书》

张　衡

张衡（78—139），字平子，南阳郡西鄂县（今河南南阳）人。历任南阳主簿、郎中、太史令、侍中、河间相等职。精通天文历算，创制出了世界上最早的浑天仪和地动仪，正确解释了月食成因，并提出宇宙无穷极的观点。著有《二京赋》《思玄赋》《归田赋》等行世大赋，成就比肩司马相如、扬雄、班固。

歌

浩浩阳春发，杨柳何依依。
百鸟自南归，翱翔萃我枝。

——《太平御览》

无名氏

郑白渠歌

田于何所，池阳谷口。
郑国在前，白渠起后。
举锸如云，决渠为雨。
水流灶下，鱼跳入釜。
泾水一石，其泥数斗。
且溉且粪，长我禾黍。
衣食京师，亿万之口。

——《汉书》

汉乐府

江　南

江南可采莲。
莲叶何田田。
鱼戏莲叶间。
鱼戏莲叶东，
鱼戏莲叶西，
鱼戏莲叶南，
鱼戏莲叶北。

魏晋南北朝

曹 植

曹植（192—232），字子建，沛国谯（今安徽亳州）人，曹操之子，魏文帝曹丕之弟。先后受封平原侯、临淄侯、安乡侯等，卒于陈王任上，逝后谥号"思"，后世称其为陈思王。曹植为建安诗人代表，以富艳之才，在汉乐府与《古诗十九首》基础上发展文人五言诗，形成"骨气奇高，词彩华茂"的诗风。代表作品有《白马篇》《赠白马王彪》等。

喜 雨

太和二年大旱，三麦不收，百姓分于饥饿。

天覆何弥广，苞育此群生。
弃之必憔悴，惠之则滋荣。
庆云从北来，郁述西南征。
时雨终夜降，长雷周我庭。
嘉种盈膏壤，登秋必有成。

夏侯湛

夏侯湛（243—291），字孝若，谯国谯郡（今安徽亳州）人。泰始年间（265—274），举贤良，对策中第。历任中书侍郎、南阳相、散骑常侍等职。有《夏侯湛集》10卷，《夏侯湛集新论》10卷，今已散佚。

春可乐

春可乐兮乐东作之良时。
嘉新田之启莱。悦中畴之发菑。
桑冉冉以奋条。麦遂遂以扬秀。
泽苗翳渚。原卉耀阜。
春可乐兮乐崇陆之可娱。
登夷冈以回眺。超矫驾乎山隅。
春可乐兮缀杂华以为盖。集繁蕤以饰裳。
散风衣之馥气。纳戢怀之潜芳。
鹦交交以弄音。翠翾翾以轻翔。
招君子以偕乐。携叔人以微行。
援若流之绿芰。进樱桃于玉盘。

陶渊明

陶渊明（352—427），名潜，字元亮，别号五柳先生，私谥靖节，世称靖节先生。寻阳郡柴桑（今江西九江）人。早年出仕为官，曾任江州祭酒、建威参军、镇军参军、彭泽县令等职，后归隐田园。著有《归园田居》《饮酒》等田园诗，被誉为"古今隐逸诗人之宗"。另有《桃花源记》《归去来兮辞》《五柳先生传》等文章行世。

劝 农

悠悠上古，厥初生民。
傲然自足，抱朴含真。
智巧既萌，资待靡因。
谁其赡之，实赖哲人。
哲人伊何，时为后稷。
赡之伊何，实曰播殖。
舜既躬耕，禹亦稼穑。
远若周典，八政始食。
熙熙令音，猗猗原陆。
卉木繁荣，和风清穆。
纷纷士女，趋时竞逐。
桑妇宵征，农夫野宿。

气节易过，和泽难久。
冀缺携俪，沮溺结耦。
相彼贤达，犹勤垄亩。
矧伊众庶，曳裾拱手。
民生在勤，勤则不匮。
宴安自逸，岁暮奚冀。
儋石不储，饥寒交至。
顾尔俦列，能不怀愧。
孔耽道德，樊须是鄙。
董乐琴书，田园不履。
若能超然，投迹高轨。
敢不敛衽，敬赞德美。

归园田居五首（选三）

其 一

少无适俗韵，性本爱丘山。
误落尘网中，一去三十年。
羁鸟恋旧林，池鱼思故渊。
开荒南野际，守拙归园田。

方宅十馀亩，草屋八九间。
榆柳荫后檐，桃李罗堂前。
暧暧远人村，依依墟里烟。
狗吠深巷中，鸡鸣桑树巅。
户庭无尘杂，虚室有馀闲。
久在樊笼里，复得返自然。

其 二

野外罕人事，穷巷寡轮鞅。
白日掩荆扉，虚室绝尘想。
时复墟曲中，披草共来往。
相见无杂言，但道桑麻长。
桑麻日已长，我土日已广。
常恐霜霰至，零落同草莽。

其 三

种豆南山下，草盛豆苗稀。
晨兴理荒秽，带月荷锄归。
道狭草木长，夕露沾我衣。
衣沾不足惜，但使愿无违。

移居二首（选一）

春秋多佳日，登高赋新诗。
过门更相呼，有酒斟酌之。
农务各自归，闲暇辄相思。
相思则披衣，言笑无厌时。
此理将不胜，无为忽去兹。
衣食当须纪，力耕不吾欺。

和郭主簿二首（选一）

蔼蔼堂前林，中夏贮清阴。
凯风因时来，回飙开我襟。
息交游闲业，卧起弄书琴。
园蔬有馀滋，旧谷犹储今。
营己良有极，过足非所钦。
春秫作美酒，酒熟吾自斟。
弱子戏我侧，学语未成音。

此事真复乐，聊用忘华簪。
遥遥望白云，怀古一何深。

癸卯岁始春怀古田舍二首（选一）

先师有遗训，忧道不忧贫。
瞻望邈难逮，转欲志长勤。
秉耒欢时务，解颜劝农人。
平畴交远风，良苗亦怀新。
虽未量岁功，即事多所欣。
耕种有时息，行者无问津。
日入相与归，壶浆劳近邻。
长吟掩柴门，聊为陇亩民。

庚戌岁九月中于西田获早稻

人生归有道，衣食固其端。
孰是都不营，而以求自安。

开春理常业，岁功聊可观。
晨出肆微勤，日入负耒还。
山中饶霜露，风气亦先寒。
田家岂不苦，弗获辞此难。
四体诚乃疲，庶无异患干。
盥濯息檐下，斗酒散襟颜。
遥遥沮溺心，千载乃相关。
但愿长如此，躬耕非所叹。

饮酒二十首（选一）

结庐在人境，而无车马喧。
问君何能尔，心远地自偏。
采菊东篱下，悠然见南山。
山气日夕佳，飞鸟相与还。
此中有真意，欲辨已忘言。

谢灵运

谢灵运（385—433），名公义，字灵运，小名客儿，祖籍陈郡阳夏（今河南太康），出生于会稽郡始宁县（今浙江上虞）。因袭封康乐县公，世称"谢康乐"。谢灵运工诗善文，尤擅山水诗，其诗与颜延之齐名，并称"颜谢"。有《谢康乐集》行世。

白石岩下径行田

小邑居易贫，灾年民无生。
知浅惧不周，爱深忧在情。
旧业横海外，芜秽积颓龄。
饥馑不可久，甘心务经营。
千顷带远堤，万里泻长汀。
洲流涓浍合，连统塍埒并。
虽非楚宫化，荒阙亦黎萌。
虽非郑白渠，每岁望东京。
天鉴傥不孤，来兹验微诚。

种　桑

诗人陈条柯，亦有美攘剔。
前修为谁故，后事资纺绩。
常佩知方诫，愧微富教益。
浮阳骛嘉月，艺桑迨闲隙。
疏栏发近郛，长行达广场。
旷流始毖泉，涸途犹跬迹。
俾此将长成，慰我海外役。

田南树园激流植援

樵隐俱在山，由来事不同。
不同非一事，养痾亦园中。
中园屏氛杂，清旷招远风。
卜室倚北阜，启扉面南江。
激涧代汲井，插槿当列墉。
群木既罗户，众山亦当窗。
靡迤趋下田，迢递瞰高峰。
寡欲不期劳，即事罕人功。
唯开蒋生径，永怀求羊踪。
赏心不可忘，妙善冀能同。

沈　约

沈约（441—513），字休文，吴兴郡武康县（今浙江德清）人。南齐时，与谢朓、萧衍等人并称竟陵八友。萧衍代齐自立，授沈约为尚书仆射，历中书令、尚书令、太子少傅等职。沈约精通音律，与周颙等创四声八病之说，并以此创作诗歌，世称"永明体"。有《沈隐侯集》行世。

行　园

寒瓜方卧垄，秋菰亦满陂。
紫茄纷烂熳，绿芋郁参差。
初菘向堪把，时韭日离离。
高梨有繁实，何减万年枝。
荒渠集野雁，安用昆明池。

萧 衍

萧衍（464—549），字叔达，南兰陵郡（今江苏丹阳）人。南齐时与谢朓、沈约等从竟陵王萧子良游，并称"竟陵八友"。中兴二年（502），称帝自立，建立南梁。后因侯景叛乱，困死于台城，谥为武皇帝。萧衍善音律，精书法，通文学，被后世赞为"历观古帝王艺能博学，罕或有焉"。有《梁武帝御制集》行世。

藉 田

寅宾始出日，律中方星鸟。
千亩土膏紫，万顷陂色缥。
严驾仵霞昕，泡露逗光晓。
启行天犹暗，伐鼓地未悄。
苍龙发蟠蜿，青旂引窈窕。
仁化洽孩虫，德令禁胎夭。
耕籍乘月映，遗滞指秋杪。
年丰廉让多，岁薄礼节少。
公卿秉耒耜，庶甿荷锄耰。
一人惭百王，三推先亿兆。

谢　朓

谢朓（464—499），字玄晖，陈郡阳夏（今河南太康）人，与"大谢"谢灵运同族，世称"小谢"。永明年间（483—493），与萧衍、沈约等人从竟陵王萧子良西邸之游，并称"竟陵八友"。后出为宣城太守，世称谢宣城。存诗200余首，诗风清新秀丽，圆美流转，有《谢宣城集》行世。

赋贫民田

假遇非将迎，靖共延殊庆。
中岁历三台，旬月典邦政。
曾是共治情，敢忘恤贫病。
将无富教礼，孰有知方性。
敦本抑工商，均业省兼并。
察壤见泉脉，觇星视农正。
黍稷缘高殖，稻稌即卑盛。
旧埒新塍分，青苗白水映。
遥树匝清阴，连山周远净。
即此风云佳，孤觞聊可命。
既微三载道，庶藉两歧咏。
俾尔仓廪实，余从谷口郑。

祀敬亭山春雨

水府众灵出，石室宝图开。
白云帝乡下，行雨巫山来。
歌风赞灵德，舞蹈起轻埃。
高轩乍留吹，玄羽或徘徊。
福降群仙下，识逸百神该。
青鸟飞层隙，赤鲤泳澜隈。

周 舍

周舍（469—524），字升逸，汝南郡安城（今河南汝南县）人，周颙之子。历任中书侍郎、鸿胪寺卿、尚书吏部郎、右卫将军、豫州大中正、太子詹事等职。普通五年（524），迁右骁骑将军，卒于官，追赠侍中、护军将军，谥号为简。原有文集20卷，已佚。今存《上云乐》《还田舍》等诗6首。

还田舍

薄游久已倦，归来多暇日。
未凿武陵岩，先开仲长室。
松篁日月长，蓬麻岁时密。
心存野人趣，贵使容吾膝。
况兹薄暮情，高秋正萧瑟。

何 逊

何逊（约 472—约 519），字仲言，东海郯（今山东郯城）人。南朝梁时任奉朝请、水部员外郎、庐陵王萧秀记室等，后世称其为"何水部""何记室"。因文采卓著而称誉当时，与阴铿齐名，并称为"阴何"。今存诗 110 馀首，有《何逊集》行世。

野夕答孙郎擢

山中气色满，墟上生烟露。
杳杳星出云，啾啾雀隐树。
虚馆无宾客，幽居乏欢趣。
思君意不穷，长如流水注。

庾 信

庾信(513—581),字子山,小字兰成。南阳新野(今属河南)人。十五岁时,就成为昭明太子萧统的东宫侍读,后来又与徐陵出任太子萧纲的东宫学士,累官右卫将军,封武康县侯。此间庾信与徐陵同为宫体诗代表诗人,二人创作的诗歌风格被称为"徐庾体"。梁元帝时,庾信奉命出使西魏,流寓北朝,官至骠骑大将军、开府仪同三司,封临清县子,世称其为"庾开府"。庾信由南入北后,感时伤世,魂牵故国,诗歌情感深挚,笔调劲健,多受后世嘉许。杜甫就曾称赞他为"庾信文章老更成,凌云健笔意纵横"。有《庾子山集》行世。

归 田

务农勤九谷,归来嘉一廛。
穿渠移水碓,烧棘起山田。
树阴逢歇马,鱼潭见洒船。
苦李无人摘,秋瓜不值钱。
社鸡新欲伏,原蚕始更眠。
今日张平子,翻为人所怜。

杏　花

春色方盈野，枝枝绽翠英。
依稀映村坞，烂熳开山城。
好折待宾客，金盘衬红琼。

北朝民歌

敕勒歌

敕勒川,阴山下。
天似穹庐,笼盖四野。
天苍苍。野茫茫。
风吹草低见牛羊。

唐

王　绩

王绩（585—644），字无功，绛州龙门（今山西河津）人。曾耕于东皋，自号"东皋子"。隋大业年间（605—618）举孝廉，任秘书省正字。唐武德五年（622），以前官待诏门下省。王绩喜好老庄及魏晋玄学，擅写饮酒与田园生活，清新朴素。有《王无功文集》存世。

野　望

东皋薄暮望，徙倚欲何依。
树树皆秋色，山山唯落晖。
牧人驱犊返，猎马带禽归。
相顾无相识，长歌怀采薇。

唐

寒 山

寒山,生卒年、字号均不详,长安(今陕西西安)人。早年多次投考不第,后出家,三十岁后隐居于浙东天台山寒岩,因此自号"寒山"。有《寒山子诗集》行世,存诗300馀首。

诗三首

其 一

茅栋野人居。门前车马疏。
林幽偏聚鸟,溪阔本藏鱼。
山果携儿摘,皋田共妇锄。
家中何所有,唯有一床书。

其 二

少小带经锄。本将兄共居。
缘遭他辈责,剩被自妻疏。
抛绝红尘境,常游好阅书。
谁能借斗水,活取辙中鱼。

其 三

田家避暑月，斗酒共谁欢。
杂杂排山果，疏疏围酒樽。
芦菁将代席，蕉叶且充盘。
醉后支颐坐，须弥小弹丸。

卢照邻

卢照邻，生卒年不详，字升之，自号幽忧子，幽州范阳（今河北涿州）人。早年曾为官，历职邓王府典签、益州新都尉等，后感染风疾，又服药中毒，终得痼疾。因不堪病痛折磨，自投颍水而亡。卢照邻工诗歌、骈文，与王勃、杨炯、骆宾王齐名海内，史称"初唐四杰"。有《卢升之集》行世。

山林休日田家

归休乘暇日，馌稼返秋场。
径草疏王彗，岩枝落帝桑。
耕田虞讼寝，凿井汉机忘。
戎葵朝委露，齐枣夜含霜。
南涧泉初冽，东篱菊正芳。
还思北窗下，高卧偃羲皇。

春晚山庄率题二首（选一）

田家无四邻。独坐一园春。
莺啼非选树，鱼戏不惊纶。
山水弹琴尽，风花酌酒频。
年华已可乐，高兴复留人。

王 勃

王勃（650—684），字子安，绛州龙门（今山西河津）人。与杨炯、卢照邻、骆宾王诗文齐名，并称"王杨卢骆"，亦称"初唐四杰"。现存诗歌80馀首，赋、序、表、碑、颂等90馀篇，有《王子安集》行世。代表作有《送杜少府之任蜀州》《滕王阁序》等。

春日还郊

闲情兼嘿语，携杖赴岩泉。
草绿萦新带，榆青缀古钱。
鱼床侵岸水，鸟路入山烟。
还题平子赋，花树满春田。

宋之问

宋之问（约656—712），一名少连，字延清，虢州弘农（今河南灵宝）人，一说汾州（今山西汾阳）人。上元二年（675），进士及第。历任户部员外郎、修文馆直学士、考功员外郎、知贡举等职，后因事被贬越州长史，又坐罪流放钦州。宋之问善写五言排律，与沈佺期齐名，时称"沈宋"。有《宋之问集》行世。

陆浑山庄

归来物外情，负杖阅岩耕。
源水看花入，幽林采药行。
野人相问姓，山鸟自呼名。
去去独吾乐，无然愧此生。

春日山家

今日游何处，春泉洗药归。
悠然紫芝曲，昼掩白云扉。
鱼乐偏寻藻，人闲屡采薇。
丘中无俗事，身世两相违。

孟浩然

孟浩然（689—740），字浩然，号孟山人，襄州襄阳（今湖北襄阳）人，世称"孟襄阳"。开元二十五年（737）张九龄招致幕府，后归隐。其诗多写山水田园，与王维齐名，并称"王孟"。有《孟浩然集》行世。

田园作

弊庐隔尘喧，惟先养恬素。
卜邻近三径，植果盈千树。
粤余任推迁，三十犹未遇。
书剑时将晚，丘园日已暮。
晨兴自多怀，昼坐常寡悟。
冲天羡鸿鹄，争食羞鸡鹜。
望断金马门，劳歌采樵路。
乡曲无知己，朝端乏亲故。
谁能为扬雄，一荐甘泉赋。

采樵作

采樵入深山，山深树重叠。
桥崩卧槎拥，路险垂藤接。
日落伴将稀。山风拂萝衣。
长歌负轻策，平野望烟归。

南山下与老圃期种瓜

樵牧南山近，林间北郭赊。
先人留素业，老圃作邻家。
不种千株橘，惟资五色瓜。
邵平能就我，开径剪蓬麻。

唐

田家元旦

昨夜斗回北,今朝岁起东。
我年已强仕,无禄尚忧农。
桑野就耕父,荷锄随牧童。
田家占气候,共说此年丰。

过故人庄

故人具鸡黍,邀我至田家。
绿树村边合,青山郭外斜。
开轩面场圃,把酒话桑麻。
待到重阳日,还来就菊花。

祖 咏

祖咏（699—746），字号不详，洛阳（今河南洛阳）人。开元十二年（724），进士及第。后入仕，又遭迁谪，仕途落拓，最终归隐汝水一带，渔樵终老。其诗题材以赠答酬和、羁旅行役、山水田园为主，以《终南望馀雪》和《望蓟门》最为著名。

田家即事

旧居东皋上，左右俯荒村。
樵路前傍岭，田家遥对门。
欢娱始披拂，惬意在郊原。
馀霁荡川雾，新秋仍昼昏。
攀条憩林麓，引水开泉源。
稼穑岂云倦，桑麻今正繁。
方求静者赏，偶与潜夫论。
鸡黍何必具，吾心知道尊。

唐

王　维

王维（701？—761），字摩诘，号摩诘居士，河东蒲州（今山西运城）人。开元十九年（731）状元及第，历任右拾遗、监察御史、河西节度使判官、吏部郎中、给事中等职。安史之乱时，曾被迫受伪职。叛乱平复后，被责授太子中允，后官至尚书右丞，史称"王右丞"。王维精通诗、书、画、音乐等，诗名尤盛，其诗多咏山水田园，与孟浩然合称"王孟"。苏轼评价其曰："味摩诘之诗，诗中有画；观摩诘之画，画中有诗。"现存诗400余首，有《王右丞集》等行世。

渭川田家

斜阳照墟落，穷巷牛羊归。
野老念牧童，倚杖候荆扉。
雉雊麦苗秀，蚕眠桑叶稀。
田夫荷锄立，相见语依依。
即此羡闲逸，怅然吟式微。

春中田园作

屋上春鸠鸣，村边杏花白。
持斧伐远扬，荷锄觇泉脉。

新燕识故巢，旧人看新历。
临觞忽不御，惆怅远行客。

新晴野望

新晴原野旷，极目无氛垢。
郭门临渡头，村树连溪口。
白水明田外，碧峰出山后。
农月无闲人，倾家事南亩。

辋川闲居赠裴秀才迪

寒山转苍翠，秋水日潺湲。
倚杖柴门外，临风听暮蝉。
渡头馀落日，墟里上孤烟。
复值接舆醉，狂歌五柳前。

唐

山居秋暝

空山新雨后，天气晚来秋。
明月松间照，清泉石上流。
竹喧归浣女，莲动下渔舟。
随意春芳歇，王孙自可留。

山居即事

寂寞掩柴扉。苍茫对落晖。
鹤巢松树遍，人访荜门稀。
绿竹含新粉，红莲落故衣。
渡头烟火起，处处采菱归。

春园即事

宿雨乘轻屐，春寒著弊袍。
开畦分白水，间柳发红桃。

草际成棋局,林端举桔槔。
还持鹿皮几,日暮隐蓬蒿。

淇上田园即事

屏居淇水上,东野旷无山。
日隐桑柘外,河明间井间。
牧童望村去,猎犬随人还。
静者亦何事,荆扉乘昼关。

凉州郊外游望

时为节度判官,在凉州作。

野老才三户,边村少四邻。
婆娑依里社,箫鼓赛田神。
洒酒浇刍狗,焚香拜木人。
女巫纷屡舞,罗袜自生尘。

田　家

旧谷行将尽，良苗未可希。
老年方爱粥，卒岁且无衣。
雀乳青苔井，鸡鸣白板扉。
柴车驾羸牸，草屩牧豪狶。
夕雨红榴拆，新秋绿芋肥。
饷田桑下憩，旁舍草中归。
住处名愚谷，何烦问是非。

积雨辋川庄作

积雨空林烟火迟。蒸藜炊黍饷东菑。
漠漠水田飞白鹭，阴阴夏木啭黄鹂。
山中习静观朝槿，松下清斋折露葵。
野老与人争席罢，海鸥何事更相疑。

田园乐七首（选三）

其 三

采菱渡头风急，策杖林西日斜。
杏树坛边渔父，桃花源里人家。

其 四

萋萋春草秋绿，落落长松夏寒。
牛羊自归村巷，童稚不识衣冠。

其 七

酌酒会临泉水，抱琴好倚长松。
南园露葵朝折，东谷黄粱夜舂。

唐

李 白

李白(701—762),字太白,号青莲居士,生于蜀郡绵州昌隆县(今四川江油青莲乡),一说生于西域碎叶(今吉尔吉斯斯坦托克马克市)。一度因诗才得到唐玄宗赏识,担任翰林供奉,后赐金放还。先后迎娶宰相许圉师、宗楚客的孙女。唐肃宗李亨即位后,卷入永王之乱,流放夜郎。途中遇赦,辗转到达当涂。上元二年(762)去世。李白的乐府、歌行及绝句成就最高,尤其是歌行,笔法多端,空无依傍,变幻莫测,摇曳多姿。因其诗风飘逸,被后世誉为"诗仙"。有《李太白全集》行世。

下终南山过斛斯山人宿置酒

暮从碧山下,山月随人归。
却顾所来径,苍苍横翠微。
相携及田家,童稚开荆扉。
绿竹入幽径,青萝拂行衣。
欢言得所憩,美酒聊共挥。
长歌吟松风,曲尽河星稀。
我醉君复乐,陶然共忘机。

宿五松山下荀媪家

我宿五松下，寂寥无所欢。
田家秋作苦，邻女夜舂寒。
跪进雕胡饭，月光明素盘。
令人惭漂母，三谢不能餐。

丘 为

丘为（702—797），字号不详，苏州嘉兴（今属浙江）人。天宝二年（743）进士及第，累官太子右庶子。其诗多写田园风物，格调清幽。原有集，现已佚，现存诗10余首。

题农父庐舍

东风何时至，已绿湖上山。
湖上春已早，田家日不闲。
沟塍流水处，耒耜平芜间。
薄暮饭牛罢，归来还闭关。

储光羲

储光羲（约707—约763），润州延陵（今江苏丹阳）人，祖籍兖州（今属山东）。开元十四年（726），进士及第。历任冯翊县尉、太祝、监察御史等职。安史之乱时，被迫受伪职，后脱身归朝，远谪岭南。现存诗200余首，格高调逸，趣远情深，有《储光羲集》行世。

田家即事

蒲叶日已长，杏花日已滋。
老农要看此，贵不违天时。
迎晨起饭牛，双驾耕东菑。
蚯蚓土中出，田乌随我飞。
群合乱啄噪，嗷嗷如道饥。
我心多恻隐，顾此两伤悲。
拨食与田乌，日暮空筐归。
亲戚更相诮，我心终不移。

田家杂兴八首（选四）

其 一

春至鸰鹒鸣，薄言向田墅。
不能自力作，黾勉娶邻女。
既念生子孙，方思广田圃。
闲时相顾笑，喜悦好禾黍。
夜夜登啸台，南望洞庭渚。
百草被霜露，秋山响砧杵。
却羡故年时，中情无所取。

其 二

众人耻贫贱，相与尚膏腴。
我情既浩荡，所乐在畋渔。
山泽时晦暝，归家暂闲居。
满园植葵藿，绕屋树桑榆。
禽雀知我闲，翔集依我庐。
所愿在优游，州县莫相呼。
日与南山老，兀然倾一壶。

其　七

梧桐荫我门，薜荔网我屋。
迢迢两夫妇，朝出暮还宿。
稼穑既自种，牛羊还自牧。
日旰懒耕锄，登高望川陆。
空山足禽兽，墟落多乔木。
白马谁家儿，联翩相驰逐。

其　八

种桑百馀树，种黍三十亩。
衣食既有馀，时时会亲友。
夏来菰米饭，秋至菊花酒。
孺人喜逢迎，稚子解趋走。
日暮闲园里，团团荫榆柳。
酩酊乘夜归，凉风吹户牖。
清浅望河汉，低昂看北斗。
数瓮犹未开，明朝能饮否。

李　颀

　　李颀（？—约757），祖籍赵郡（今河北赵县），居住河南颍阳（今河南登封）。开元二十三年（735）登进士第，曾任新乡县尉，后弃官归隐。其诗以五七言歌行和七言律诗见长，或慷慨奔放，或秀丽清幽。有《李颀集》行世。

晚归东园

荆扉带郊郭，稼穑满东菑。
倚杖寒山暮，鸣梭秋叶时。
回云覆阴谷，返景照霜梨。
澹泊真吾事，清风别自兹。

杜 甫

杜甫(712—770),字子美,自号少陵野老,原籍襄阳(今湖北襄阳),生于巩县(今河南巩义)。早年漫游吴越和齐赵,天宝九载(750)献"三大礼赋",得到玄宗赏识,待制集贤院,后被授予河西尉,改任右卫率府兵曹参军。先后任左拾遗、华州司功参军、检校工部员外郎等职,世称"杜拾遗"或"杜工部"。杜甫存诗1400余首,以现实主义题材为主,被后世称为"诗史"。其诗风沉郁顿挫,对后世影响深远,被尊称为"诗圣"。有《杜工部集》行世。

泛 溪

落景下高堂,进州泛回溪。
谁谓筑居小,未尽乔木西。
远郊信荒僻,秋色有馀凄。
练练峰上雪,纤纤云表霓。
童戏左右岸,罟弋毕提携。
翻倒荷芰乱,指挥径路迷。
得鱼已割鳞,采藕不洗泥。
人情逐鲜美,物贱事已暌。
吾村蔼暝姿,异舍鸡亦栖。
萧条欲何适,出处无可齐。

衣上见新月，霜中登故畦。
浊醪自初熟，东城多鼓鼙。

种莴苣并序

既雨已秋，堂下理小畦，隔种一两席许莴苣，向二旬矣，而苣不甲拆，独野苋青青。伤时君子，或晚得微禄，辙轲不进，因作此诗。

阴阳一错乱，骄蹇不复理。
枯旱于其中，炎方惨如燬。
植物半蹉跎，嘉生将已矣。
云雷歘奔命，师伯集所使。
指挥赤白日，濆洞青光起。
雨声先已风，散足尽西靡。
山泉落沧江，霹雳犹在耳。
终朝纡飒沓，信宿罢潇洒。
堂下可以畦，呼童对经始。
苣兮蔬之常，随事蓺其子。
破块数席间，荷锄功易止。
两旬不甲拆，空惜埋泥滓。

野苋迷汝来，宗生实于此。
此辈岂无秋，亦蒙寒露委。
翻然出地速，滋蔓户庭毁。
因知邪干正，掩抑至没齿。
贤良虽得禄，守道不封己。
拥塞败芝兰，众多盛荆杞。
中园陷萧艾，老圃永为耻。
登于白玉盘，藉以如霞绮。
苋也无所施，胡颜入筐篚。

绝句六首（选一）

凿井交棕叶，开渠断竹根。
扁舟轻褭缆，小径曲通村。

唐

为 农

锦里烟尘外,江村八九家。
圆荷浮小叶,细麦落轻花。
卜宅从兹老,为农去国赊。
远惭勾漏令,不得问丹砂。

田 舍

田舍清江曲,柴门古道旁。
草深迷市井,地僻懒衣裳。
榉柳枝枝弱,枇杷树树香。
鸬鹚西日照,晒翅满鱼梁。

春　水

三月桃花浪，江流复旧痕。
朝来没沙尾，碧色动柴门。
接缕垂芳饵，连筒灌小园。
已添无数鸟，争浴故相喧。

竖子至

楂梨且缀碧，梅杏半传黄。
小子幽园至，轻笼熟柰香。
山风犹满把，野露及新尝。
欲寄江湖客，提携日月长。

秦州杂诗二十首（选一）

传道东柯谷，深藏数十家。
对门藤盖瓦，映竹水穿沙。
瘦地翻宜粟，阳坡可种瓜。
船人近相报，但恐失桃花。

遣意二首（选一）

啭枝黄鸟近，泛渚白鸥轻。
一径野花落，孤村春水生。
衰年催酿黍，细雨更移橙。
渐喜交游绝，幽居不用名。

屏迹三首（选一）

用拙存吾道，幽居近物情。
桑麻深雨露，燕雀半生成。
村鼓时时急，渔舟个个轻。
杖藜从白首，心迹喜双清。

茅堂检校收稻二首

其 一

香稻三秋末，平田百顷间。
喜无多屋宇，幸不碍云山。
御袷侵寒气，尝新破旅颜。
红鲜终日有，玉粒未吾悭。

其 二

稻米炊能白，秋葵煮复新。
谁云滑易饱，老藉软俱匀。

种幸房州熟,苗同伊阙春。
无劳映渠碗,自有色如银。

绝句四首(选二)

其 一

堂西长笋别开门。堑北行椒却背村。
梅熟许同朱老吃,松高拟对阮生论。

其 四

药条菜甲润青青。色过棕亭入草亭。
苗满空山惭取誉,根居隙地怯成形。

绝句漫兴九首(选二)

其 二

手种桃李非无主,野老墙低还似家。
恰似春风相欺得,夜来吹折数枝花。

其 八

舍西柔桑叶可拈，江畔细麦复纤纤。
人生几何春已夏，不放香醪如蜜甜。

江 村

清江一曲抱村流，长夏江村事事幽。
自去自来梁上燕，相亲相近水中鸥。
老妻画纸为棋局，稚子敲针作钓钩。
但有故人供禄米，微躯此外更何求？

客 至

舍南舍北皆春水，但见群鸥日日来。
花径不曾缘客扫，蓬门今始为君开。
盘飧市远无兼味，樽酒家贫只旧醅。
肯与邻翁相对饮，隔篱呼取尽馀杯。

岑 参

岑参(715—770),南阳棘阳(今河南新野)人。天宝三载(744),进士及第,授右内率府兵曹参军。后两次从军边塞,曾任安西节度使高仙芝幕府僚佐,安西、北庭节度使封常清幕府判官。至德二载(757),经杜甫等举荐为右补阙,后任嘉州刺史,世称"岑嘉州"。其诗以边塞题材最为著名,诗风奇峭清丽,代表作如《走马川行奉送出师西征》《白雪歌送武判官归京》等。与高适并称为"高岑"。有《岑参集》行世。

渔 父

扁舟沧浪叟,心与沧浪清。
不自道乡里,无人知姓名。
朝从滩上饭,暮向芦中宿。
歌竟还复歌,手持一竿竹。
竿头钓丝长丈馀,鼓枻乘流无定居。
世人那得识深意,此翁取适非取鱼。

萧颖士

萧颖士（717—768），字茂挺，颍州汝阴（今安徽阜阳）人。开元二十三年（735），进士及第，授秘书省正字，迁集贤校理，历任广陵参军、河南参军、山南节度使掌书记、扬州功曹参军。有《萧茂挺文集》行世。

山庄月夜作

献书嗟弃置，疲拙归田园。
且事计然策，将符公冶言。
桑榆清暮景，鸡犬应遥村。
蚕罢里闾晏，麦秋田野喧。
涧声连枕簟，峰势入阶轩。
未奏东山妓，先倾北海尊。
陇瓜香早熟，庭果落初繁。
更惬野人意，农谈朝竟昏。

唐

杨 颜

杨颜,生卒年、籍贯俱不详。开元(713—741)间进士及第。仕历未详。现仅存诗1首。

田 家

小园足生事,寻胜日倾壶。
莳蔬利于鬻,才青摘已无。
四邻依野竹,日夕采其枯。
田家心适时,春色遍桑榆。

包 何

包何,字幼嗣,润州延陵(今江苏丹阳)人,包融之子。生卒年均不详,天宝七载(748),登进士第。与弟包佶俱以诗名,时称"二包"。大历(766—779)年间,任起居舍人。现存诗10余首。

江上田家

近海川原薄,人家本自稀。

黍苗期腊酒,霜叶是寒衣。

市井谁相识,渔樵夜始归。

不须骑马问,恐畏狎鸥飞。

李嘉祐

　　李嘉祐，字从一，生卒年俱不详，赵州（今河北赵县）人。天宝七载（748）进士，授秘书正字，后历任台州刺史、袁州刺史等职。其诗风绮丽，有《李嘉祐诗》行世。

白田西忆楚州使君弟

山阳郭里无潮，野水自向新桥。
鱼网平铺荷叶，鹭鸶闲步稻苗。
秣陵归人惆怅，楚地连山寂寥。
却忆士龙宾阁，清琴绿竹萧萧。

登楚州城望驿路十馀里山村竹林相次交映

十里山村道，千峰栎树林。
霜浓竹枝亚，岁晚荻花深。
草市多樵客，渔家足水禽。
幽居虽可羡，无那子牟心。

皇甫冉

皇甫冉（约717—约771），字茂政，润州丹阳（今属江苏）人。进士及第，授无锡尉。历任左金吾卫兵曹参军、河南节度使掌书记、左拾遗、左补阙等职。其诗多写离乱漂泊、山水风光，诗风清逸俊秀。有《皇甫冉诗集》行世。

田家作

卧见高原烧，闲寻空谷泉。
土膏消腊后，麦陇发春前。
药验桐君录，心齐庄子篇。
荒村三数处，衰柳百馀年。
好就山僧去，时过野舍眠。
汲流宁厌远，卜地本求偏。
向子谙樵路，陶家置黍田。
雪峰明晚景，风雁急寒天。
且复冠名鹖，宁知冕戴蝉。
问津夫子倦，荷蓧丈人贤。
顾物皆从尔，求心正傥然。
嵇康懒慢性，只自恋风烟。

元 结

元结（719—772），字次山，号漫叟，鲁山（今属河南）人。天宝十二载（753），登进士第。安史之乱后，被荐为右金吾兵曹参军、山南东道节度参谋。后迁水部员外郎、荆南节度判官，历著作郎、道州刺史、容州都督、容管经略使等职。其诗多涉时政，反映民生疾苦，质朴醇厚、笔力遒劲。有《元次山文集》行世。

漫歌八曲（选一）

壬寅中，漫叟得免职事，漫家樊上，修耕钓以自资，作《漫歌八曲》与县大夫孟士源，欲士源唱而和之。

将牛何处去，耕彼故城东。
相伴有田父，相欢惟牧童。

司空曙

司空曙（约720—约790），字文明，一字文初，广平（今河北永年）人，一说京兆（今陕西西安）人。安史之乱时，避难江南。后登进士第，历任左拾遗、检校水部郎中、虞部郎中。其诗多为送别赠答之作，率真朴实，婉雅闲淡。与表兄卢纶同列于"大历十才子"。有《司空曙诗集》行世。

田　家

田家喜雨足，邻老相招携。
泉溢沟塍坏，麦高桑柘低。
呼儿催放犊，宿客待烹鸡。
搔首蓬门下，如将轩冕齐。

钱 起

钱起（722—780），字仲文，吴兴（今浙江湖州）人。天宝十载（751），登进士第。先后任秘书省校书郎、蓝田县尉、司勋员外郎、考功郎中、翰林学士等。因曾官考功郎中，世称"钱考功"。与韩翃、李端、卢纶等并称"大历十才子"。其为诗长于五言，诗风清丽，音律和谐。有《钱考功集》行世。

南溪春耕

荷蓑趣南径，戴胜鸣条枚。
溪雨有馀润，土膏宁厌开。
沟塍落花尽，耒耜度云回。
谁道耦耕倦，仍兼胜赏催。
日长农有暇，悔不带经来。

九日田舍

今日陶家野兴偏。东篱黄菊映秋田。
浮云暝鸟飞将尽，始达青山新月前。

孟云卿

孟云卿（725—781），字升之，山东平昌（今山东商河）人。进士及第，唐肃宗时为校书郎。他长于五古，现存诗歌17首，语言朴实，气格高古，为杜甫、元结所推重。

田园观雨兼晴后作

贫贱少情欲，借荒种南陂。
我非老农圃，安得良土宜。
秋成不廉俭，岁馀多馁饥。
顾视仓廪间，有粮不成炊。
晨登南园上，暮歇清蝉悲。
早苗既芃芃，晚田尚离离。
五行孰堪废，万物当及时。
贤哉数夫子，开翅慎勿迟。

顾 况

顾况（约727—820），字逋翁，自号华阳山人。云阳（今属江苏丹阳）人，一说海盐（今属浙江）人。至德二载（757），登进士第。曾以大理司直为润州节度使韩滉判官，历任秘书郎、著作佐郎等职，后隐居茅山。其诗注重诗歌的社会功能，以反映社会现实为旨归。有《华阳集》行世。

过山农家

板桥人渡泉声。茅檐日午鸡鸣。
莫嗔焙茶烟暗，却喜晒谷天晴。

于良史

于良史，生卒年不详。至德年间（756—757）曾任侍御史，贞元年间（785—805）为徐州节度使张建封从事。现存诗7首。

田家秋日送友

苍茫日初宴，遥野云初收。
残雨北山里，夕阳东渡头。
舟依渔溇合，水入田家流。
何意君迷驾，山林应有秋。

唐

张志和

张志和(732—774),字子同,初名龟龄,号玄真子,祖籍婺州金华(今浙江金华)。十六岁明经及第,先后任翰林待诏、左金吾卫录事参军、南浦县尉等职,后弃官隐居。今存《渔父歌》5首、诗7首。

渔父歌五首

其 一

西塞山前白鹭飞。桃花流水鳜鱼肥。
青箬笠,绿蓑衣。斜风细雨不须归。

其 二

钓台渔父褐为裘。两两三三舴艋舟。
能纵棹,惯乘流。长江白浪不曾忧。

其 三

霅溪湾里钓鱼翁。舴艋为家西复东。
江上雪,浦边风。笑着荷衣不叹穷。

- 91 -

其　四

松江蟹舍主人欢。菰饭莼羹亦共餐。
枫叶落，荻花干。醉宿渔舟不觉寒。

其　五

青草湖中月正圆。巴陵渔父棹歌连。
钓车子，橛头船。乐在风波不用仙。

韦应物

韦应物（约737—约792），字义博，京兆万年（今陕西西安）人。天宝（742—756）末，为玄宗三卫近侍。历任比部员外郎、滁州刺史、江州刺史、左司郎中、苏州刺史等职，世称"韦江州""韦左司""韦苏州"。擅写山水田园诗，与王维、孟浩然、柳宗元并称为"王孟韦柳"。其诗以五古成就最高，风格冲淡闲远。有《韦应物诗集》行世。

观田家

微雨众卉新，一雷惊蛰始。
田家几日闲，耕种从此起。
丁壮俱在野，场圃亦就理。
归来景常晏，饮犊西涧水。
饥劬不自苦，膏泽且为喜。
仓廪无宿储，徭役犹未已。
方惭不耕者，禄食出闾里。

野 居

结发屡辞秩,立身本疏慢。
今得罢守归,幸无世欲患。
栖止且偏僻,嬉游无早晏。
逐兔上坡冈,捕鱼缘赤涧。
高歌意气在,贳酒贫居惯。
时启北窗扉,岂将文墨间。

刘长卿

刘长卿（？—约790），字文房，宣城（今属安徽）人。天宝（742—756）中，登进士第。曾为长洲尉、监察御史，大历（766—779）年间以检校祠部员外郎为转运使判官，知淮西、鄂岳转运使。被诬贬为睦州司马。德宗（779—805）时，擢为随州刺史，世称"刘随州"。为诗擅五言，尤工五律，自许为"五言长城"。有《刘长卿集》存世。

偶然作

野寺长依止，田家或往还。
老农开古地，夕鸟入寒山。
书剑身同废，烟霞吏共闲。
岂能将白发，扶杖出人间。

权德舆

权德舆（759—818），字载之，秦州略阳（今甘肃秦安）人，后徙居润州丹徒（今江苏丹阳）。累官至礼部尚书、同中书门下平章事。工诗善文，时人尊其为宗匠。有《权德舆集》存世。

田家即事

闲卧藜床对落晖。翛然便觉世情非。
漠漠稻花资旅食，青青荷叶制儒衣。
山僧相访期中饭，渔父同游或夜归。
待学尚平婚嫁毕，渚烟溪月共忘机。

张　籍

张籍（约766—830），字文昌，和州乌江（今安徽和县）人，一说吴郡（今江苏苏州）人。贞元十五年（799）登进士第。历任秘书省秘书郎、水部员外郎、主客郎中、国子司业等，世称"张水部"或"张司业"。为诗尤擅乐府古风，与王建齐名，时称"张王乐府"。有《张司业集》行世。

野老歌

老农家贫在山住。耕种山田三四亩。
苗疏税多不得食，输入官仓化为土。
岁暮锄犁傍空室，呼儿登山收橡实。
西江贾客珠百斛，船中养犬长食肉。

江村行

南塘水深芦笋齐。下田种稻不作畦。
耕场磷磷在水底，短衣半染芦中泥。
田头刈莎结为屋，归来系牛还独宿。
水淹手足尽有疮，山虹绕身飞飐飐。
桑林椹黑蚕再眠，妇姑采桑不向田。
江南热旱天气毒，雨中移秧颜色鲜。
一年耕种长苦辛，田熟家家将赛神。

王 建

王建(约766—约832),字仲初,颍川(今河南许昌)人。早年从军,先后入幽州和岭南幕为从事。后入为太府寺丞,转秘书郎,迁秘书丞。大和二年(828)自太常丞出为陕州司马。后卜居咸阳原上。与李益、韩愈、白居易、刘禹锡、姚合、贾岛、孟郊、杨巨源等交往。与张籍皆擅长乐府,世称"张王乐府"。有《王建集》8卷(或为10卷)行世。《全唐诗》编诗6卷。

田家行

男声欣欣女颜悦。人家不怨言语别。
五月虽热麦风清。檐头索索缲车鸣。
野蚕作茧人不取,叶间扑扑秋蛾生。
麦收上场绢在轴。的知输得官家足。
不望入口复上身,且免向城卖黄犊。
田家衣食无厚薄,不见县门身即乐。

雨过山村

雨里鸡鸣一两家。竹溪村路板桥斜。
妇姑相唤浴蚕去,闲看中庭栀子花。

白居易

白居易（772—846），字乐天，下邽（今陕西渭南）人。贞元十六年（800），登进士第。历官左拾遗、翰林学士、太子左赞善大夫，因故贬为江州司马，作《琵琶行》。后召为司门员外郎、主客郎中、知制诰、中书舍人，出为杭、苏二州刺史。后历秘书监、刑部侍郎、河南尹等职，官至刑部尚书。晚年闲居洛阳，皈依佛教，吟咏自适，自号"醉吟先生""香山居士"。诗文兼善，主张"文章合为时而著，歌诗合为事而作"，倡导"新乐府"运动。诗文与元稹齐名，世号"元白"。晚年与刘禹锡唱和，又称"刘白"。有《白氏长庆集》71卷行世。

归 田

种田意已决，决意复何如。
卖马买犊使，徒步归田庐。
迎春治耒耜，候雨辟菑畲。
策杖田头立，躬亲课仆夫。
吾闻老农言，为稼慎在初。
所施不卤莽，其报必有馀。
上求奉王税，下望备家储。
安得放慵惰，拱手而曳裾。
学农未为鄙，亲友勿笑余。
更待明年后，自拟执犁锄。

观刈麦

田家少闲月，五月人倍忙。
夜来南风起，小麦覆陇黄。
妇姑荷箪食，童稚携壶浆。
相随饷田去，丁壮在南冈。
足蒸暑土气，背灼炎天光。
力尽不知热，但惜夏日长。
复有贫妇人，抱子在其旁。
右手秉遗穗，左臂悬敝筐。
听其相顾言，闻者为悲伤。
家田输税尽，拾此充饥肠。
今我何功德，曾不事农桑。
吏禄三百石，岁晏有余粮。
念此私自愧，尽日不能忘。

观 稼

世役不我牵,身心常自若。
晚出看田亩,闲行旁村落。
累累绕场稼,喷喷群飞雀。
年丰岂独人,禽鸟声亦乐。
田翁逢我喜,默起具尊杓。
敛手笑相延,社酒有残酌。
愧兹勤且敬,藜杖为淹泊。
言动任天真,未觉农人恶。
停杯问生事,夫种妻儿获。
筋力苦疲劳,衣食常单薄。
自惭禄仕者,曾不营农作。
饱食无所劳,何殊卫人鹤。

春 村

二月村园暖,桑间戴胜飞。
农夫春旧谷,蚕妾捣新衣。
牛马因风远,鸡豚过社稀。
黄昏林下路,鼓笛赛神归。

刘禹锡

刘禹锡（772—842），字梦得，洛阳（今属河南）人。贞元九年（793）登进士第，又登博学宏辞科。官监察御史，参与王叔文等的政治革新，失败后被贬朗州司马，迁连州刺史。后裴度荐为太子宾客、检校礼部尚书，世称"刘宾客"。与柳宗元友善，并称"刘柳"。又与白居易唱和，并称"刘白"。工诗，风格开阔舒朗，清俊明快，有《刘梦得文集》40卷行世。

插田歌

连州城下，俯接村墟，偶登郡楼，适有所感，遂书其事为俚歌，以俟采诗者。

冈头花草齐，燕子东西飞。
田塍望如线，白水光参差。
农妇白纻裙，农父绿蓑衣。
齐唱郢中歌，嘤伫如竹枝。
但闻怨响音，不辨俚语词。
时时一大笑，此必相嘲嗤。
水平苗漠漠，烟火生墟落。
黄犬往复还，赤鸡鸣且啄。

路旁谁家郎，乌帽衫袖长。
自言上计吏，年幼离帝乡。
田夫语计吏，君家侬定谙。
一来长安道，眼大不相参。
计吏笑致辞，长安真大处。
省门高轲峨，侬入无度数。
昨来补卫士，唯用筒竹布。
君看二三年，我作官人去。

竹枝词九首（选一）

山上层层桃李花。云间烟火是人家。
银钏金钗来负水，长刀短笠去烧畲。

李 绅

李绅（772—846），字公垂，润州无锡（今江苏无锡）人，祖籍亳州谯县（今安徽亳州）。元和元年（806）登进士第。唐穆宗（820—824）时为右拾遗、翰林学士。与李德裕、元稹同时，号为"三俊"。唐武宗（840—846）时，拜中书侍郎、同中书门下平章事，累迁尚书右仆射、门下侍郎，出为淮南节度使。擅诗，多反映现实之作，元和（806—820）年间著有《新题乐府》20首。

悯农二首

其 一

春种一粒粟，秋收万颗子。
四海无闲田，农夫犹饿死。

其 二

锄禾日当午，汗滴禾下土。
谁知盘中餐，粒粒皆辛苦。

柳宗元

柳宗元(773—819),字子厚,河东(今山西永济)人。贞元九年(793)登进士第。后登博学宏词科,授集贤正字,调蓝田尉,擢礼部员外郎,参与王叔文等政治革新。因改革失败,被贬邵州刺史,再贬永州司马。元和十年(815),复出为柳州刺史,世称"柳柳州"。与刘禹锡交厚,世称"刘柳"。又与韩愈同为古文运动倡导者,世称"韩柳"。其诗文成就颇高,文章以山水游记最为著名,诗歌存世140馀首,清新流丽,似淡实美。有《柳河东集》30卷行世。

田家三首

其 一

蓐食徇所务,驱牛向东阡。
鸡鸣村巷白,夜色归暮田。
札札耒耜声,飞飞来乌鸢。
竭兹筋力事,持用穷岁年。
尽输助徭役,聊就空自眠。
子孙日已长,世世还复然。

其 二

篱落隔烟火，农谈四邻夕。
庭际秋虫鸣，疏麻方寂历。
蚕丝尽输税，机杼空倚壁。
里胥夜经过，鸡黍事筵席。
各言官长峻，文字多督责。
东乡后租期，车毂陷泥泽。
公门少推恕，鞭朴恣狼藉。
努力慎经营，肌肤真可惜。
迎新在此岁，唯恐踵前迹。

其 三

古道饶蒺藜，萦回古城曲。
蓼花被堤岸，陂水寒更绿。
是时收获竟，落日多樵牧。
风高榆柳疏，霜重梨枣熟。
行人迷去住，野鸟竞栖宿。
田翁笑相念，昏黑慎原陆。
今年幸少丰，无厌饘与粥。

元　稹

　　元稹(779—831),字微之,河南(今河南洛阳)人。贞元九年(793),以明经登第。元和元年(806),复登制举甲科,授左拾遗,贬河南尉。历官监察御史、祠部郎中、知制诰、翰林学士、中书舍人。长庆二年(822)拜相。后出为同州刺史、浙东观察使、武昌节度使。与白居易交谊甚厚,同倡新乐府,世称"元白",诗称"元白体"。有《元氏长庆集》行世。

村花晚

三春已暮桃李伤。棠梨花白蔓菁黄。
村中女儿争摘将。插刺头鬓相夸张。
田翁蚕老迷臭香。晒暴敏敫熏衣裳。
非无后秀与孤芳。奈尔千株万顷之茫茫。
天公此意何可量。长教尔辈时节长。

章孝标

章孝标（约785—约856），字道正，睦州桐庐（今属浙江）人。元和十四年（819），登进士第，授秘书省正字，迁校书郎。大和（827—835）中，为山南西道节度府从事，试大理评事。会昌（840—846）中游淮南，与节度使李绅交往唱酬。擅诗，与白居易、元稹、李绅、杨巨源、朱庆馀等人交往唱和。有《章孝标诗》一卷。

长安秋夜

田家无五行。水旱卜蛙声。
牛犊乘春放，儿童候暖耕。
池塘烟未起，桑柘雨初晴。
岁晚香醪熟，村村自送迎。

李德裕

李德裕(787—850),字文饶,赵郡(今河北赵县)人,李吉甫之子。元和(806—820)初,以荫补校书郎。唐穆宗即位,擢为翰林学士、中书舍人。唐敬宗(824—826)时出为浙西观察使。唐文宗即位,加检校礼部尚书,召为兵部侍郎。唐武宗(840—846)时由淮南节度使入相。李德裕为李党首领,与牛僧孺、李宗闵为首的牛党朝野纷争数年。唐宣宗(847—859)时,出为荆南节度使,改东都留守,贬潮州司马,再贬崖州司户。擅诗,有《会昌一品集》行世。

忆春耕

郊外杏花坼,林间布谷鸣。
原田春雨后,溪水夕流平。
野老荷蓑至,和风吹草轻。
无因共沮溺,相与事岩耕。

李 涉

李涉，生卒年不详，自号清溪子，洛阳人，早年与弟李渤一同隐居庐山香炉峰。后出仕，累官至太子通事舍人，遇事被贬峡州司仓参军。大和（827—835）年间，被荐为太学博士，世称"李博士"。工诗善文，有《李涉诗》1卷行世。

山 中

无奈牧童何，放牛吃我竹。
隔林呼不应，叫笑如生鹿。
欲报田舍翁，更深不归屋。

牧童词

朝牧牛，牧牛下江曲。
夜牧牛，牧牛度村谷。
荷蓑出林春雨细，芦管卧吹莎草绿。
乱插蓬蒿箭满腰，不怕猛虎欺黄犊。

施肩吾

　　施肩吾，生卒年不详，字希圣，号栖真子，睦州（今浙江建德）人。元和十五年（820）登进士第。未待除授，即东归。后居洪州西山。晚年率族人渡海避乱，定居澎湖列岛。擅诗，有《西山集》行世。

岛夷行

腥臊海边多鬼市，岛夷居处无乡里。
黑皮少年学采珠，手把生犀照咸水。

唐

欧阳衮

欧阳衮,生卒年不详,字希甫,福州闽县(今福建福州)人。宝历元年(825),登进士第。官终侍御史。有《欧阳衮集》2卷,已佚,现仅存诗9首。

田 家

黯黯日将夕,牛羊村外来。
岩阿青气发,篱落杏花开。
草木应初感,鸧鹒亦已催。
晚间春作好,行乐不须猜。

许 浑

许浑(约791—约858),字用晦,一字仲晦,润州丹阳(今江苏丹阳)人。大和六年(832),登进士第。历官当涂尉、监察御史、润州司马,睦、郢二州刺史。擅诗,尤长律体,为诗声律谐婉,属对精切,有《丁卯集》2卷行世。

村 舍

燕雁下秋塘。田家自此忙。
移蔬通远水,收果待繁霜。
野碓春粳滑,山厨焙茗香。
客来还有酒,随事宿茅堂。

春日题韦曲野老村舍二首

其 一

绕屋遍桑麻。村南第一家。
林繁树势直,溪转水纹斜。
竹院昼看笋,药栏春卖花。
故园归未得,到此是天涯。

其 二

北岭枕南塘。数家村落长。
莺啼幼妇懒,蚕出小姑忙。
烟草近沟湿,风花临路香。
自怜非楚客,春望亦心伤。

杜　牧

杜牧（803—852），字牧之，京兆万年（今陕西西安）人。杜佑之孙。大和二年（828），登进士第，后授弘文馆校书。曾入江西、宣歙观察使沈传师幕与淮南节度使牛僧孺幕，历监察御史，黄、池、睦诸州刺史，入为司勋员外郎。会昌（841—846）中，历迁考功郎中、知制诰、中书舍人。擅诗，风格清丽俊爽，与李商隐齐名，并称"小李杜"。有《樊川文集》20卷行世。

村　行

春半南阳西，柔桑过村坞。
娉娉垂柳风，点点回塘雨。
蓑唱牧牛儿，篱窥茜裙女。
半湿解征衫，主人馈鸡黍。

温庭筠

温庭筠（约812—约870），本名岐，字飞卿，太原祁（今山西祁县）人。才情敏捷，每入试，八叉手而成八韵，人号"温八叉"。屡举进士不第。曾任随县尉、襄阳节度使徐商巡官、国子助教等。擅诗词，诗与李商隐齐名，时号"温李"，词作存70馀首，为"花间派"代表词人。今有《温飞卿集》7卷。

烧　歌

起来望南山。山火烧山田。
微红夕如灭，短焰复相连。
差差向岩石。冉冉凌青壁。
低随回风尽，远照檐茅赤。
邻翁能楚言。倚插欲潸然。
自言楚越俗，烧畬为早田。
豆苗虫促促。篱上花当屋。
废栈豕归栏，广场鸡啄粟。
新年春雨晴。处处赛神声。
持钱就人卜，敲瓦隔林鸣。
卜得山上卦。归来桑枣下。
吹火向白茅，腰镰映赪蔗。

风驱槲叶烟。槲树连平山。
迸星拂霞外，飞烬落阶前。
仰面呻复嚏。鸦娘咒丰岁。
谁知苍翠容，尽作官家税。

李商隐

李商隐（813—858），字义山，号玉谿生，怀州河内（今河南沁阳）人。开成二年（837）登进士第，累官东川节度使判官、检校工部员外郎。工骈文及近体诗，尤长七律，与杜牧齐名，亦称"小李杜"，又与温庭筠齐名，称"温李"。其诗构思新巧，属对精切，绮丽谐婉，精于用典。今有《李义山诗集》6卷及后人所辑《樊南文集》《樊南文集补编》行世。

赠田叟

荷蓧衰翁似有情。相逢携手绕村行。
烧畬晓映远山色，伐树暝传深谷声。
鸥鸟忘机翻浃洽，交亲得路昧平生。
抚躬道直诚感激，在野无贤心自惊。

曹 邺

曹邺（约816—约875），字邺之，桂林人。大中四年（850）登进士第。曾为天平节度使掌书记。咸通（860—874）中迁太常博士，历祠部、吏部郎中，洋州刺史。其诗多古风，颇多讽喻之作。现有《曹祠部集》2卷行世。

田家效陶

黑黍春来酿酒饮，青禾刈了驱牛载。
大姑小叔常在眼，却笑长安在天外。

唐

刘 驾

刘驾（822—?），字司南，江东人。大中六年（852）登进士第。官终国子博士。擅诗，多与曹邺、薛能、李频等交游唱和，现存诗68首。

牧 童

牧童见客拜，山果怀中落。
昼日驱牛归，前溪风雨恶。

于 濆

于濆，生卒年不详，字子漪，京兆长安（今陕西西安）人。咸通二年（861），登进士第。曾官泗州判官。擅诗，多古风，今存《于濆诗》1卷。

山村晓思

开门省禾黍。邻翁水头住。
今朝南涧波，昨夜西川雨。
牧童披短蓑，腰笛期烟渚。
不问水边人，骑牛傍山去。

王 驾

王驾,生卒年不详,字大用,自号守素先生,河中(今山西永济)人。大顺元年(890),登进士第,授校书郎。累官至礼部员外郎。工诗,与司空图、郑谷友善,有《王驾诗集》6卷,已佚。现存诗7首。

社 日

鹅湖山下稻粱肥。豚栅鸡栖半掩扉。
桑柘影斜春社散,家家扶得醉人归。

聂夷中

聂夷中（837—?），字坦之，河东（今山西永济）人，一说河南（今河南洛阳）人。咸通十二年（871），登进士第。官华阴县尉。有《聂夷中诗》2卷。

伤田家

二月卖新丝，五月粜新谷。
医得眼前疮，剜却心头肉。
我愿君王心，化作光明烛。
不照绮罗筵，偏照逃亡屋。

唐

陆龟蒙

陆龟蒙（？—约881），字鲁望，自号甫里先生，吴郡（今江苏吴县）人。举进士不第，从湖、苏二州刺史张抟游，引为从事。后隐居松江甫里。与皮日休互相唱和，著《松陵唱和集》，有《甫里先生集》20卷行世。

奉和夏初袭美见访题小斋次韵

四邻多是老农家。百树鸡桑半顷麻。
尽趁晴明修网架，每和烟雨掉缫车。
啼莺偶坐身藏叶，饷妇归来鬓有花。
不是对君吟复醉，更将何事送年华。

杜荀鹤

杜荀鹤（约846—约904），字彦之，自号九华山人，池州石埭（今安徽石台）人。早年屡试不第，后以诗谒朱温，大顺二年（891）得登进士第。曾为宣州节度使田頵从事，田頵兵败死，朱温以其才表授翰林学士、主客员外郎、知制诰。工律绝，诗风浅易。有《唐风集》3卷行世。

题田翁家

田翁真快活，婚嫁不离村。
州县供输罢，追随鼓笛喧。
盘飧同老少，家计共田园。
自说身无事，应官有子孙。

山中寡妇

夫因兵死守蓬茅。麻苎衣衫鬓发焦。
桑柘废来犹纳税，田园荒尽尚征苗。
时挑野菜和根煮，旋斫生柴带叶烧。
任是深山更深处，也应无计避征徭。

吕从庆

吕从庆,生卒年不详,字世赓,自号丰溪渔叟,汴州(今河南开封)人。曾跟随祖父居于金陵(今江苏南京)。广明元年(880),黄巢攻金陵,吕从庆避乱奔歙县堨田。后梁时迁居旌德县丰溪隐居,常以陶渊明自况。今存《丰溪存稿》1卷。

薄暮步村径

竹里荆扉掩,村前万物幽。
飞虫抟涧舞,鸣鹊抱巢修。
川上渔歌断,坡前牧课休。
淡烟随杖履,吾意自悠悠。

阅田禾

村南村北稻花明。碧影清光夹望平。
节弄暑风轻拂拂,尖悬晚露澹盈盈。
道傍妪妇呼鸡返,坡外儿童跨犊行。
独坐小桥幽兴满,蟋蛄声在柳梢鸣。

崔道融

崔道融（？—907），荆州（今湖北荆州）人。黄巢起义时，避乱隐居温州仙岩山，自号东瓯散人。征为永嘉令。后仕闽王王审知，为右补阙，未行，病卒。工诗，与方干、司空图唱和，又与黄滔友善。原有《东浮集》《申唐诗》等诗文集，均佚。

溪居即事

篱外谁家不系船，春风吹入钓鱼湾。
小童疑是有村客，急向柴门去却关。

五　代

贯 休

贯休（832—912）俗姓姜，字德隐，号禅月大师。婺州兰溪（今属浙江）人。七岁投本县和安寺出家，传《法华经》《起信论》，精其奥义，为钱镠所重。后入蜀，王建待之甚厚，呼为"得得来和尚"。贯休善画，工书，其书法世称"姜体"。亦有诗名，今有《禅月集》行世。

秋晚野步

藤屦兼闽竹，吟行一水傍。
树凉蝉不少，溪断路多荒。
烧岳阴风起，田家浊酒香。
登高吟更苦，微月出苍茫。

春野作五首（选一）

牛儿小。牛女少。
抛牛沙上斗百草。锄陇老人又太老。
薄烟漠漠覆桑枣。戴嵩醉后取次扫。

颜仁郁

颜仁郁，生卒年不详。字文杰，泉州（今属福建）人。五代时仕闽王王审知，为归德场长，有政绩。工诗，其诗宛转回曲，时号"颜长官诗"。今存诗2首。

农 家

半夜呼儿趁晓耕。羸牛无力渐艰行。
时人不识农家苦，将谓田中谷自生。

李建勋

李建勋（？—952），字致尧，广陵（今江苏扬州）人。仕南唐，为中书侍郎同平章事，又加左仆射、监修国史，领滑州节度使。后出为昭武军节度使，镇抚州，终以司空致仕，赐号钟山公。工诗文，"其为诗，少犹浮靡，晚年方造平淡"。有《李建勋集》20卷，已佚。

田家三首（选二）

其 二

不识城中路，熙熙乐有年。
木槃擎社酒，瓦鼓送神钱。
霜落牛归屋，禾收雀满田。
遥陂过秋水，闲阁钓鱼船。

其 三

长爱田家事，时时欲一过。
垣篱皆树槿，厅院亦堆禾。
病果因风落，寒蔬向日多。
遥闻数声笛，牛晚下前坡。

刘昭禹

刘昭禹,生卒年不详,字休明,桂阳(今湖南郴州)人,一说婺州(今浙江金华)人。曾为湖南某县令,后历容管节度推官。马希范时,为天策府学士,官终严州刺史。擅五言诗,现存诗9首。

田 家

高原耕种罢,牵犊负薪归。
深夜一炉火,浑家身上衣。

成彦雄

　　成彦雄,生卒年里第不详,字文干。南唐进士。工诗,有《梅岭集》5卷,已佚,现存诗1卷。

村　行

暧暧村烟暮。牧童出深坞。

骑牛不顾人,吹笛寻山去。

李 中

李中,生卒年不详,字有中,九江(今属江西)人。南唐时出仕,曾任吉水尉、淦阳令等,官终水部郎中。开宝六年(973)自编诗300首为《碧云集》3卷,孟宾于为之序,今存。

村 行

极目青青垄麦齐。野塘波阔下凫鹥。
阳乌景暖林桑密,独立闲听戴胜啼。

徐 铉

徐铉（916—991），字鼎臣，会稽（今浙江绍兴）人，徙居广陵（今江苏扬州）。早年与韩熙载齐名，江东谓之"韩徐"；又与弟徐锴并称"二徐"。五代时，仕吴为校书郎，仕南唐历知制诰、翰林学士、吏部尚书等。入宋，为太子率更令、给事中、左右散骑常侍等。工诗文，精小学，曾受诏校定《说文解字》，世称"大徐本"。现有《骑省集》等行世。

秋日卢龙村舍

置却人间事，闲从野老游。
树声村店晚，草色古城秋。
独鸟飞天外，闲云度陇头。
姓名君莫问，山木与虚舟。

钱　俶

　　钱俶（929—988），字文德，初名弘俶，杭州临安（今属浙江）人。吴越文穆王钱元瓘第九子，后为吴越国主。曾助宋太祖平定江南，宋太宗时归宋，受封淮海国王，累封邓王。善草书，喜吟咏。有《政本集》10卷，已佚。现仅存诗10馀首。

村　家

　　竹树参差处，危墙独木横。
　　锄开芳草色，放过远滩声。
　　稚子当门卧，鸡雏上屋行。
　　骑牛带蓑笠，侵晓雨中耕。

刘 兼

刘兼，生卒年不详。长安（今陕西西安）人。五代入宋时人，宋初曾任荣州刺史、盐铁判官。能诗，《全唐诗》存诗1卷。

莲塘霁望

新秋菡萏发红英。向晚风飘满郡馨。
万叠水纹罗乍展，一双鸂鶒绣初成。
采莲女散吴歌阕，拾翠人归楚雨晴。
远岸牧童吹短笛，蓼花深处信牛行。

宋

王禹偁

王禹偁（954—1001），字元之，济州巨野（今属山东）人。太平兴国八年（983年）进士，历任成武县主簿、右拾遗等职。为北宋初期诗文革新运动之先驱，其诗兼学杜甫、白居易，苏轼称赞他"以雄文直道独立当世"。自编《小畜集》行世。

村　行

马穿山径菊初黄。信马悠悠野兴长。
万壑有声含晚籁，数峰无语立斜阳。
棠梨叶落胭脂色，荞麦花开白雪香。
何事吟余忽惆怅，村桥原树似吾乡。

畲田词五首并序

上雒郡南六百里，属邑有丰阳、上津，皆深山穷谷，不通辙迹。其民刀耕火种，大抵先斫山田，虽悬崖绝岭，树木尽仆，俟其干且燥，乃行火焉。火尚炽，即以种播之。然后酾黍稷，烹鸡豚，先约曰："某家某日，有事于畲田。"虽数百里如期而至，锄斧随焉。至则行酒啖炙，鼓噪而作，盖剧而掩其土也。掩毕则生，不复耘矣。

宋

援桴者有勉励督课之语，若歌曲然。且其俗更互力田，人人自勉。仆爱其有义，作《畲田词》五首，以侑其气。亦欲采诗官闻之，传于执政者，苟择良二千石暨贤百里，使化天下之民如斯民之义，庶乎污莱尽辟矣。其词俚，欲山甿之易晓也。

　　大家齐力斫屠颜。耳听田歌手莫闲。
　　各愿种成千百索，豆萁禾穗满青山。

　　杀尽鸡豚唤劚畲。由来递互作生涯。
　　莫言火种无多利，树种明年似乱麻。

　　数声猎猎酒醺醺。斫上高山乱入云。
　　自种自收还自足，不知尧舜是吾君。

　　北山种了种南山。相助刀耕岂有偏？
　　愿得人间皆似我，也应四海少荒田。

　　畲田鼓笛乐熙熙。空有歌声未有词。
　　从此商於为故事，满山皆唱舍人诗。

- 143 -

林　逋

　　林逋（967—1028），字君复，死后谥"和靖先生"，杭州钱塘（今浙江杭州）人。北宋著名隐逸诗人。林逋隐居西湖孤山，终生不仕，惟喜植梅养鹤，人称"梅妻鹤子"。后人辑有《林和靖先生诗集》4卷。

莳　田

淤泥肥黑稻秧青。阔盖深流旋旋生。
拟倩湖君书版籍，水仙今佃老农耕。

梅尧臣

梅尧臣（1002—1060），字圣俞，世称宛陵先生，宣州宣城（今安徽宣城）人。北宋著名诗人。皇祐三年（1051）进士，欧阳修荐为国子监直讲，累迁尚书都官员外郎，故世称"梅直讲""梅都官"。梅尧臣少即能诗，与苏舜钦齐名，时号"苏梅"，又与欧阳修并称"欧梅"。为诗主张写实，反对西昆体，所作力求平淡、含蓄，被誉为宋诗的"开山祖师"。著有《宛陵集》等。

田 家

南山尝种豆，碎荚落风雨。
空收一束萁，无物充煎釜。

陶 者

陶尽门前土，屋上无片瓦。
十指不沾泥，鳞鳞居大厦。

欧阳修

欧阳修（1007—1072），字永叔，号醉翁，晚号六一居士，吉州庐陵永丰（今江西吉安）人，北宋政治家、文学家。天圣八年（1030）进士，官至翰林学士、枢密副使、参知政事。死后累赠太师、楚国公，谥号"文忠"，故世称欧阳文忠公。欧阳修是在宋代文学史上最早开创一代文风的文坛领袖，他领导了北宋诗文革新运动，与韩愈、柳宗元、苏轼、苏洵、苏辙、王安石、曾巩合称"唐宋八大家"。欧阳修在变革文风的同时，也对诗风、词风进行了革新。有《欧阳文忠公集》传世。

归田四时乐春夏二首

春风二月三月时。农夫在田居者稀。
新阳晴暖动膏脉，野水泛滟生光辉。
鸣鸠甜甜屋上啄，布谷翩翩桑下飞。
碧山远映丹杏发，青草暖眠黄犊肥。
田家此乐知者谁，吾独知之胡不归。
吾已买田清颍上，更欲临流作钓矶。

南风原头吹百草。草木丛深茅舍小。
麦穗初齐稚子娇，桑叶正肥蚕食饱。
老翁但喜岁年熟，饷妇安知时节好。

野棠梨密啼晚莺，海石榴红啭山鸟。
田家此乐知者谁。我独知之归不早。
乞身当及强健时，顾我蹉跎已衰老。

苏舜钦

苏舜钦（1008—1048），字子美，梓州铜山县（今四川中江）人。北宋诗人，与梅尧臣并称"苏梅"。景祐元年（1034）进士，历任大理评事、集贤殿校理、监进奏院等职。今存《苏舜钦集》。

晚　意

晚色微茫至，前山次第昏。
羸牛归径远，宿鸟傍檐翻。
盘喜黄粱熟，杯馀白酒浑。
田家虽澹薄，犹得离尘喧。

王安石

　　王安石(1021—1086)，字介甫，号半山，抚州临川(今江西抚州)人。北宋政治家、文学家。庆历二年(1042)进士。宋神宗即位后，任翰林学士，深得神宗赏识。熙宁二年(1069)，升任参知政事，主持变法，陆续制定新法。次年拜相，大力推行改革。去世后累赠太傅、舒王，谥号"文"，世称王文公。他的散文雄健峭拔，名列"唐宋八大家"之一；其诗擅长说理与修辞，晚年诗风含蓄深沉、深婉不迫，以丰神远韵的风格在北宋诗坛自成一家，世称"王荆公体"。有《临川集》等著作存世。

钟山晚步

小雨轻风落楝花。细红如雪点平沙。
槿篱竹屋江村路，时见宜城卖酒家。

书湖阴先生壁二首（选一）

茅檐长扫净无苔。花木成畦手自栽。
一水护田将绿绕，两山排闼送青来。

和圣俞农具诗十五首（选五）

田 庐

田父结田庐，聊容一身息。
呼儿取茅竹，不借乡人力。
起行庐旁朝，归卧庐下夕。
悠悠各有愿，勿笑田庐窄。

樵 斧

百金聚一冶，所赋以所遭。
此岂异莫耶，奈何独当樵。
朝出在人手，暮归在人腰。
用舍各有时，此日两无邀。

飏 扇

精良止如留，疏恶去如摈。
如摈非尔憎，如留岂吾吝。
无心以择物，谁喜亦谁愠。
翁乎勤簸飏，可使糠秕尽。

耒耜

耒耜见于易，圣人取风雷。
不有仁智兼，利端谁与开。
神农后稷死，般尔相寻来。
山林尽百巧，揉斲无良材。

台笠

耕有春雨濡，耘有秋阳暴。
二物应时须，九州同我服。
欲为生少慕，得此自云足。
君思周伯阳，所愿岂华毂。

苏　轼

苏轼（1037—1101），字子瞻，又字和仲，号铁冠道人、东坡居士。眉州眉山（今四川眉山）人，北宋文学家，书法家、画家，与父苏洵、弟苏辙三人并称"三苏"。苏轼是北宋中期文坛领袖，在诗、词、文、书、画等方面取得很高成就。其诗题材广阔，清新豪健，善用夸张比喻，独具风格，与黄庭坚并称"苏黄"；其词开豪放一派，与辛弃疾同是豪放派代表，并称"苏辛"；其文著述宏富，纵横恣肆，豪放自如，与欧阳修并称"欧苏"，名列"唐宋八大家"；善书法，与黄庭坚、米芾、蔡襄合称"宋四家"；擅长文人画，尤擅墨竹、怪石、枯木等。著有《东坡七集》《东坡易传》《东坡乐府》等。

新城道中二首

东风知我欲山行。吹断檐间积雨声。
岭上晴云披絮帽，树头初日挂铜钲。
野桃含笑竹篱短，溪柳自摇沙水清。
西崦人家应最乐，煮芹烧笋饷春耕。

身世悠悠我此行。溪边委辔听溪声。
散材畏见搜林斧，疲马思闻卷斾钲。
细雨足时茶户喜，乱山深处长官清。
人间岐路知多少，试向桑田问耦耕。

宋

东坡八首并叙（选六）

　　余至黄州二年，日以困匮。故人马正卿哀余乏食，为于郡中请故营地数十亩，使得躬耕其中。地既久荒为茨棘瓦砾之场，而岁又大旱，垦辟之劳，筋力殆尽。释耒而叹，乃作是诗，自悯其勤，庶几来岁之入以忘其劳焉。

废垒无人顾，颓垣满蓬蒿。
谁能捐筋力，岁晚不偿劳。
独有孤旅人，天穷无所逃。
端来拾瓦砾，岁旱土不膏。
崎岖草棘中，欲刮一寸毛。
喟然释耒叹，我廪何时高。

荒田虽浪莽，高庳各有适。
下隰种粳稌，东原莳枣栗。
江南有蜀士，桑果已许乞。
好竹不难栽，但恐鞭横逸。
仍须卜佳处，规以安我室。
家僮烧枯草，走报暗井出。

一饱未敢期，瓢饮已可必。

自昔有微泉，来从远岭背。
穿城过聚落，流恶壮蓬艾。
去为柯氏陂，十亩鱼虾会。
岁旱泉亦竭，枯萍黏破块。
昨夜南山云，雨到一犁外。
泫然寻故渎，知我理荒荟。
泥芹有宿根，一寸嗟独在。
雪芽何时动，春鸠行可脍。

种稻清明前，乐事我能数。
毛空暗春泽，针水闻好语。
分秧及初夏，渐喜风叶举。
月明看露上，一一珠垂缕。
秋来霜穗重，颠倒相撑拄。
但闻畦陇间，蚱蜢如风雨。
新春便入甑，玉粒照筐筥。
我久食官仓，红腐等泥土。
行当知此味，口腹吾已许。

良农惜地力，幸此十年荒。
桑柘未及成，一麦庶可望。
投种未逾月，覆块已苍苍。
农父告我言，勿使苗叶昌。
君欲富饼饵，要须纵牛羊。
再拜谢苦言，得饱不敢忘。

种枣期可剥，种松期可斲。
事在十年外，吾计亦已悫。
十年何足道，千载如风雹。
旧闻李衡奴，此策疑可学。
我有同舍郎，官居在灊岳。
遗我三寸甘，照座光卓荦。
百栽倘可致，当及春冰渥。
想见竹篱间，青黄垂屋角。

浣溪沙 徐州石潭谢雨，道上作五首

照日深红暖见鱼。连溪绿暗晚藏乌。黄童白叟聚睢盱。
麋鹿逢人虽未惯。猿猱闻鼓不须呼。归家说与采桑姑。

旋抹红妆看使君。三三五五棘篱门。相挨踏破茜罗裙。
老幼扶携收麦社。乌鸢翔舞赛神村。道逢醉叟卧黄昏。

麻叶层层檾叶光。谁家煮茧一村香。隔篱娇语络丝娘。
垂白杖藜抬醉眼。捋青捣麨软饥肠。问言豆叶几时黄。

簌簌衣巾落枣花。村南村北响缲车。牛衣古柳卖黄瓜。
酒困路长惟欲睡。日高人渴漫思茶。敲门试问野人家。

软草平莎过雨新。轻沙走马路无尘。何时收拾耦耕身。
日暖桑麻光似泼。风来蒿艾气如薰。使君元是此中人。

黄庭坚

黄庭坚（1045—1105），字鲁直，自号山谷道人，晚号涪翁，又称黄豫章，以谪仙自称，世称金华仙伯。洪州分宁（今江西修水）人。北宋诗人、词人、书法家，"江西诗派"的开山之祖。治平四年（1067）进士。黄庭坚对宋诗的影响较大，以杜甫为宗，讲究修辞造句，强调"无一字无来处"，风格奇崛。著有《豫章黄先生文集》等。

渔父二首（选一）

秋风淅淅苍葭老，波浪悠悠白鬓翁。
范子几年思狡兔，吕公何处兆非熊。
天寒两岸识渔火，日落几家收钓筒。
不困田租与王役，一船妻子乐无穷。

按　田

河水积峥嵘，山雪晴索寞。
幽斋怯寒威，况复出城郭。
马为猬毛缩，人叹狐裘薄。
淤泥虎迹交，丛社乌声乐。

桥经野烧断，崖值天风落。
泄云迷鸿濛，戴石瘦莘罟。
攀缘若登天，扶服如入橐。
穷幽至河麋，落日更槃礴。
新民数十家，飘寓初栖托。
壮产无惰农，荒榛尽开凿。
临流遣官丁，悉使呼老弱。
恩言谕官意，鄣水陂可作。
春秧百顷毯，秋报千仓获。
掉头笑应侬，吾麦自不恶。
麦苗不为稻，诚恐非民瘼。
不知肉食者，何必苦改作。
我行疲鞍马，且用休羁络。
艰难相顾叹，共道折腰错。
势穷不得已，来自取束缚。
月明夜萧萧，解衣宽带索。
卧看云行天，北斗挂屋角。
析薪爨酒鼎，兴至且相酌。

孔平仲

孔平仲（1044—1111），字义甫，一作毅父，临江新喻（今江西新余）人。治平二年（1065）进士，北宋中后期著名文臣，与二兄孔文仲、孔武仲"以文章名世"。著有《续世说》《孔氏谈苑》《珩璜新论》等。

禾熟三首

其 一

百里西风禾黍香。鸣泉落窦谷登场。
老牛粗了耕耘债，啮草坡头卧夕阳。

其 二

丰年气象慰人心。鸟雀啾嘲亦好音。
玉食儿郎岂知此，田家粒粒是黄金。

其 三

雨足川原还骤晴。天心断送此秋成。
谷收颗颗皆坚好，想见新炊照碗明。

秦　观

秦观（1049—1100），字少游，一字太虚，号淮海居士，别号邗沟居士，高邮（今江苏高邮）人。元丰八年（1085年）进士。北宋词人，以诗见赏于王安石，少从苏轼游，与黄庭坚、晁补之、张耒合称"苏门四学士"。其诗清新婉丽，词风独创一格，以秀丽含蓄取胜。著有《淮海词》等。

田居四首

其　一

鸡号四邻起，结束赴中原。
戒妇预为黍，呼儿随掩门。
犁锄带晨景，道路更笑喧。
宿潦濯芒屦，野芳簪髻根。
霁色披窅霭，春空正鲜繁。
辛夷茂横阜，锦雉娇空园。
少壮已云趋，伶俜尚鸥蹲。
蟹黄经雨润，野马从风奔。
村落次第集，隔塍致寒暄。
眷言月占好，努力竞晨昏。

其 二

入夏桑柘稠，阴阴翳墟落。
新麦已登场，馀蚕犹占箔。
隆曦破层阴，霁霭收远壑。
雌蜺卧沧漪，鲜飙泛丛薄。
林深鸟更鸣，水漫鱼知乐。
羸老厌烦歊，解衣屡槃礴。
荫树濯凉飔，起行遗带索。
冢妇饷初还，丁男耘有托。
倒筒备青钱，盐茗恐垂橐。
明日输绢租，邻儿入城郭。

其 三

昔我莳青秧，廉纤属梅雨。
及兹欲成穗，已复颒星暑。
迟暮易昏晨，摇落多砧杵。
村迥少过从，客来旋炊黍。
兴发即杖藜，未尝先处所。
褰裳涉浅濑，矫首没孤羽。
丛祠土鼓悲，野埭鹍鸡舞。

雉子随贩夫，老翁拜巫女。
辛勤稼穑事，恻怆田畴语。
得谷不敢储，催科吏旁午。

其　四

严冬百草枯，邻曲富休暇。
土井时一汲，柴车久停驾。
寥寥场圃空，跕跕乌鸢下。
孤榜傍横塘，喧春起旁舍。
田家重农隙，翁妪相邀迓。
班坐酾酒醪，一行三四谢。
陶盘奉旨蓄，竹箸羞鸡禽。
饮酬争献酬，语阕或悲咤。
悠悠灯火暗，剌剌风飙射。
客散静柴门，星蟾耿寒夜。

贺 铸

贺铸(1052—1125),字方回,自号庆湖遗老,卫州(今河南卫辉)人。北宋词人。曾任泗州、太平州通判。晚年退居苏州,杜门校书。能诗文,尤长于词。其词内容、风格较为丰富多样,长于锤炼语言并善融化前人成句。用韵特严,富有节奏感和音乐美。自编《庆湖遗老诗集》。

题皖山北濒江田舍

江转皖公山北流。萧闲人物美田畴。
一溪春水百家利,二顷夏秧千石收。
小市竹楼张酒斾,平桥松岛荫渔舟。
莫知农老何为者,几叶传封乐国侯。

和崔若拙四时田家词四首

其 一

鼓声迎客醉还家。社树团栾日影斜。
共喜今年春赛好,缠头红有象生花。

其 二

野蔓牵花过短墙，麦秋时节并蚕忙。
迎门老父延行客，井汲清甘树荫凉。

其 三

鸡声犬吠远相望，社酒登槽唤客尝。
晓日晴明陂更阔，风吹荞麦蜜花香。

其 四

晚雪漫漫没兔罝，满杯豆粥饷邻家。
夜长少妇无春织，一点青灯伴缉麻。

喜 雨

己未岁，余官滏阳。涉春旱热，四月晦，雨始大澍，而二麦已槁死。采老农之言，赋是诗。

终春久旱暵，涉夏俄溽暑。
垢汗浼衣襟，梅津蒸柱础。
黄霾闭赤景，测候错辰午。

沙燕逐风鸢，翻飞溯来雨。
纷纷白羽箭，齐发万牛弩。
落瓦复鸣阶，浮沤如沸煮。
崇朝已沛浃，枯渴顿清瘉。
田父喜过从，迎门好相语。
蚕桑薄可具，豚酒与箫鼓。
择吉谢丛祠，巫娘罢狂舞。
晨炊饱丁壮，庇笠耕舄卤。
少缓麦租期，庶将秋稼补。
输入太仓中，蕃肥任黄鼠。

陈师道

陈师道（1053—1102），字履常，一字无己，号后山居士，彭城（今江苏徐州）人，北宋文学家，江西诗派重要诗人。陈师道亦能作词，其词风格与诗相近，以拗峭惊警见长。但其诗、词存在着内容狭窄、词意艰涩之病。有《后山集》行世。

田　家

鸡鸣人当行，犬鸣人当归。
秋来公事急，出处不待时。
昨夜三尺雨，灶下已生泥。
人言田家乐，尔苦人得知。

张耒

张耒（1054—1114），字文潜，号柯山，谯县（今安徽亳州）人。熙宁六年（1073）进士。北宋诗人。张耒诗学于白居易、张籍，诗风平易舒坦，不尚雕琢，粗疏草率；其词香浓婉约，风格与柳永、秦观相近。著有《柯山集》《宛丘集》《柯山诗馀》等。

夏日十二首（选一）

细径依原僻，蓬蒿四五家。
山田来雉兔，溪雨熟桑麻。
竹笼晨收果，茅庵夜守瓜。
颇知农事乐，彼此问生涯。

腊日四首（选一）

日暖村村路，人家迭送迎。
婚姻须岁暮，酒醴幸年登。
箫鼓儿童集，衣裳妇女矜。
敢辞鸡黍费，农事及春兴。

早起观雨

雨叶风枝日夜长,东园秾密欲生光。
可怜积雨过初暑,更转馀寒作晓凉。
蚕事已成家媪喜,麦畦初泼老农忙。
綵丝结缕催端午,又见黄头鼓楫郎。

村　晚

深坞繁花丽,晴田细径分。
孤舟春水路,芳草夕阳村。
暗雀投檐静,昏鸦集树喧。
牛羊自归晚,灯火掩衡门。

田家二首

其 一

门外清流系野船。白杨红槿短篱边。
旱蝗千里秋田净,野秫萧萧八月天。

其 二

新插茅檐红槿篱。秋深黄叶已飞飞。
滩头水阔孤舟去,渡口风寒白鹭啼。

田家三首(选二)

其 一

野塘积水绿可染。舍南新柳齐如剪。
去冬雪好麦穗长,今日雨晴初择茧。
东家馈黍西舍迎,连臂踏歌村市晚。
妇骑夫荷儿扶翁,月出桥南归路远。

其 二

社南村酒白如饧。邻翁宰牛邻媪烹。
插花野妇抱儿至，曳杖老翁扶背行。
淋漓醉饱不知夜，裸股掣肘时欢争。
去年百金易斗粟，丰岁一饮君无轻。

周邦彦

周邦彦（1056—1121 或 1058—1123），字美成，号清真居士，杭州钱塘（今浙江杭州）人，北宋词人、音乐家。宋徽宗（1100—1126）时一度提举大晟府，负责谱制词曲，供奉朝廷。周邦彦精通音律，曾创作不少新词调。作品多写闺情、羁旅，也有咏物之作。格律谨严，语言曲丽精雅，长调尤善铺叙。旧时词论称他为"词家之冠"，近人王国维称其为"词中老杜"。有《清真居士集》，已佚，今存《片玉集》。

楚村道中二首（选一）

林栖野啄散鸦群。极目风霾乱日曛。
短麦离离干忆雨，远峰黯黯细输云。
愁逢杂路寻车辙，赖有高林出酒巾。
辄得问津凡父老，不应看客废锄耘。

春　雨

耕人扶耒语林丘。花外时时落一鸥。
欲验春来多少雨，野塘漫水可回舟。

张舜民

张舜民,生卒年不详,字芸叟,自号浮休居士,又号谏斋。邠州(今陕西彬县)人。治平二年(1065)进士。其诗往往表现出对国事民生的关切,亦能词,词风与苏轼相近。今存《画墁集》。

村 居

水绕陂田竹绕篱。榆钱落尽槿花稀。
夕阳牛背无人卧,带得寒鸦两两归。

王庭珪

王庭珪，生卒年不详，字民瞻，号泸溪，茅堂（今江西吉安）人。政和八年（1118）进士。宋代诗人。杨万里赞扬他是："少尝见曹子方，得诗法，盖其诗自少陵出，其文自昌黎出，大要主于雄刚浑大。"官至国子监主簿。著有《卢溪文集》《六经讲义》等。

二月二日出郊

日头欲出未出时，雾失江城雨脚微。
天忽作晴山卷幔，云犹含态石披衣。
烟村南北黄鹂语，麦陇高低紫燕飞。
谁似田家知此乐，呼儿吹笛跨牛归。

周紫芝

周紫芝（1082—1155），字少隐，号竹坡居士，宣城（今安徽宣城）人。有《竹坡词》传世。

五禽言五首（选二）

余避贼山中，婆娑岩窦间。终日寂然不闻人声，惟春禽嘲哳不绝于耳。乃用其语效昔人为五禽言，亦山中一戏事也。

其一　婆饼焦

云穰穰，麦穗黄，婆饼欲焦新麦香。
今年麦熟不敢尝，斗量车载倾囷仓，化作三军马上粮。

其三　提壶卢

提壶卢，树头劝酒声相呼，劝人沽酒无处沽。
太岁何年当在酉，敲门问浆还得酒。
田中黍穗处处黄，瓮头新绿家家有。

曾 几

曾几（1084—1166），字吉甫、志甫，自号茶山居士。南宋诗人。有《经说》20卷、文集30卷，久佚。清四库馆臣据《永乐大典》辑为《茶山集》8卷。

苏秀道中自七月二十五日夜大雨三日秋苗以苏喜而有作

一夕骄阳转作霖。梦回凉冷润衣襟。
不愁屋漏床床湿，且喜溪流岸岸深。
千里稻花应秀色，五更桐叶最佳音。
无田似我犹欣舞，何况田间望岁心。

途中二首（选一）

鹁鸠晴雨报人知。更问农家底事宜。
村落泥干收麦地，稻田水满插秧时。

吕本中

吕本中(1084—1145),字居仁,号紫微,世称东莱先生,祖籍莱州,寿州(治今安徽凤台)人。宰相吕夷简玄孙,元祐(1086—1094)年间宰相吕公著曾孙,荥阳先生吕希哲孙,南宋东莱郡侯吕好问子,以恩荫补承务郎。绍兴六年(1136),特赐进士出身,擢起居舍人兼权中书舍人。旋即迁中书舍人兼侍讲,兼权直学士院。著有诗文集《东莱集》20卷,《外集》2卷。又著有《紫微诗话》1卷,《东莱吕紫微杂说》1卷,《师友杂志》1卷,《童蒙训》3卷,《春秋解》10卷,今均存。

田家漫兴二首

其 一

巷陌交道近,茅檐接复疏。

岸榆容系艇,篱竹许封蔬。

地僻常远市,檐卑牧鸡豕。

绕村杨柳花,沿溪芦荻水。

野老随分过,商榷桑与梓。

其 二

参星瞻谷日,水影量元夕。
旱潦种早晚,老农从定策。
催耕鸣鸠起,护竿乌鹊去。
秋成不餍怀,暑雨不告劳。
岁时社酒会,扶醉有年高。

陈与义

陈与义（1090—1139），字去非，号简斋，京兆（今陕西西安）人。北宋末、南宋初著名诗人，亦工于填词，其词存于今者仅10馀首。著有《简斋集》。

早 行

露侵驼褐晓寒轻。星斗阑干分外明。
寂寞小桥和梦过，稻田深处草虫鸣。

罗江二绝

其 一

荒村终日水车鸣。陂北陂南共一声。
洒面风吹作飞雨，老夫诗到此间成。

其 二

山翁见客亦欣然。好语重重意不传。
行过竹篱逢细雨，眼明双鹭立青田。

将至杉木铺望野人居

春风漠漠野人居。若使能诗我不如。
数株苍桧遮官道,一树桃花映草庐。

刘子翚

刘子翚（1101—1147），字彦冲，号屏山病翁，崇安（今福建武夷山）人。著有《屏山集》20卷。《彊村丛书》辑其《屏山词》1卷。

策 杖

策杖农家去，萧条绝四邻。
空田依垄峻，断藁布窠匀。
地薄惟供税，年丰尚苦贫。
平生饱官粟，愧尔力耕人。

田 家

长空淡淡如云扫。暮过田家风物好。
耕犁倚户寂无人，饥牛卧齧墙根草。

陆　游

陆游(1125—1210),字务观,号放翁,越州山阴(今浙江绍兴)人。南宋文学家、史学家、爱国诗人。宋孝宗即位后,赐进士出身,历任福州宁德县主簿、敕令所删定官、隆兴府通判等职,因坚持抗金,遭到主和派排斥。嘉泰二年(1202),宋宁宗诏陆游入京,主持编修孝宗、光宗《两朝实录》和《三朝史》,官至宝章阁待制。著有《剑南诗稿》传世。

游山西村

莫笑农家腊酒浑。丰年留客足鸡豚。
山重水复疑无路,柳暗花明又一村。
箫鼓追随春社近,衣冠简朴古风存。
从今若许闲乘月,拄杖无时夜叩门。

时　雨

时雨及芒种,四野皆插秧。
家家麦饭美,处处菱歌长。
老我成惰农,永日付竹床。

衰发短不栉，爱此一雨凉。
庭木集奇声，架藤发幽香。
莺衣湿不去，劝我持一觞。
即今幸无事，际海皆农桑。
野老固不穷，击壤歌虞唐。

小园四首（选二）

其 一

小园烟草接邻家。桑柘阴阴一径斜。
卧读陶诗未终卷，又乘微雨去锄瓜。

其 三

村南村北鹁鸠声。水刺新秧漫漫平。
行遍天涯千万里，却从邻父学春耕。

蔬 圃

蔬圃依山脚,渔扉并水涯。
卧枝开野菊,残蘖出秋茶。
病骨知天色,羁怀感物华。
馀年有几许,且灌邵平瓜。

农 家

低垣矮屋俯江流。浑舍相娱到白头。
累世不知名宦乐,百年那识别离愁。
饭馀常贮新陈谷,农隙闲眠子母牛。
闻道少年俱孝谨,未应家法愧恬侯。

农家歌

村东买牛犊。舍北作牛屋。
饭牛三更起,夜寐不敢熟。
茫茫陂水白,纤纤稻秧绿。
二月鸣搏黍,三月号布谷。
为农但力作,瘠卤变衍沃。
腰镰卷黄云,踏碓舂白玉。
八月租税毕,社瓮醲如粥。
老稚相扶携,闾里迭追逐。
坐令百世后,复睹可封俗。
君不见朱门玉食烹万羊。不如农家小甑吴粳香。

农事稍闲有作

架犁架犁唤春农。布谷布谷督岁功。
黄云压檐风日美,绿针插水雾雨濛。
年丰远近笑语乐,浦涨纵横舟楫通。

东家筑室窗户绿，西舍迎妇花扇红。

我方祭灶彻豚酒，盘箸亦复呼邻翁。

客归我起何所作，孝经论语教儿童。

教儿童。莫匆匆。愿汝日夜勤磨砻。乌巾白纻待至公。

农圃歌

我不如老农。占地亩一钟。

东作虽有时，力耕在兹冬。

张灯观夜织，高枕听晨舂。

时时唤邻里，旨蓄亦可供。

我不如老圃，父子日相从。

一锄万事足，不求定远封。

春泥剪绿韭，秋雨畦青菘。

放箸有馀味，岂不烹唅喁。

乃者半年病，清镜满衰容。

尘生一鞴扆，壁倚一枝筇。

惟有呻吟声，和合床下蛩。

青灯照兀兀，布衲聊自缝。

夜闻邻家治稻

二顷春芜废不耕。半生名宦竟何成。
归来每羡农家乐，月下风传打稻声。

社日小饮二首（选一）

社雨霏霏湿杏花。农家分喜到州家。
苍鹅戏处塘初满，黄犊归时日欲斜。

农桑四首（选一）

农事初兴未苦忙。且支漏屋补颓墙。
山歌高下皆成调，野水纵横自入塘。

种菜四首（选一）

菜把青青间药苗。豉香盐白自烹调。
须臾彻案呼茶碗，盘箸何曾觉寂寥。

晚秋农家八首（选一）

我年近七十，与世长相忘。
筋力幸可勉，扶衰业耕桑。
身杂老农间，何能避风霜。
夜半起饭牛，北斗垂大荒。

范成大

范成大（1126—1193），字至能，一字幼元，早年自号此山居士，晚号石湖居士，平江府吴县（今江苏苏州）人。绍兴二十四年（1154）进士。乾道六年（1170），作为泛使出使金国，不辱使命而还。累赠少师、崇国公，谥号"文穆"，后世遂称其为"范文穆"。与杨万里、陆游、尤袤合称南宋"中兴四大诗人"。著有《石湖集》《揽辔录》《吴船录》《吴郡志》《桂海虞衡志》等。

四时田园杂兴六十首（选十）

淳熙丙午，沉疴少纾，复至石湖旧隐。野外即事，辄书一绝，终岁得六十篇，号《四时田园杂兴》。

春日十二绝

其 一

柳花深巷午鸡声。桑叶尖新绿未成。
坐睡觉来无一事，满窗晴日看蚕生。

其十二

桑下春蔬绿满畦。菘心青嫩芥苔肥。
溪头洗择店头卖，日暮裹盐沽酒归。

晚春十二绝

其十三

紫青莼菜卷荷香。玉雪芹芽拔薤长。
自撷溪毛充晚供，短篷风雨宿横塘。

其二十一

谷雨如丝复似尘。煮瓶浮蜡正尝新。
牡丹破萼樱桃熟，未许飞花减却春。

夏日十二绝

其二十五

梅子金黄杏子肥。麦花雪白菜花稀。
日长篱落无人过，惟有蜻蜓蛱蝶飞。

其三十一

昼出耘田夜绩麻。村庄儿女各当家。
童孙未解供耕织，也傍桑阴学种瓜。

秋日十二绝

其三十七

杞菊垂珠滴露红。两蛩相应语莎丛。
虫丝胃尽黄葵叶，寂历高花侧晚风。

其四十四

新筑场泥镜面平。家家打稻趁霜晴。
笑歌声里轻雷动，一夜连枷响到明。

冬日十二绝

其四十九

斜日低山片月高。睡馀行药绕江郊。
霜风扫尽千林叶，闲倚筇枝数鹳巢。

其五十四

放船闲看雪山晴。风定奇寒晚更凝。
坐听一篙珠玉碎，不知湖面已成冰。

初夏二首

其 一

清晨出郭更登台。不见馀春只么回。
桑叶露枝蚕向老,菜花成荚蝶犹来。

其 二

晴丝千尺挽韶光。百舌无声燕子忙。
永日屋头槐影暗,微风扇里麦花香。

浣溪沙 江村道中

十里西畴熟稻香。槿花篱落竹丝长。垂垂山果挂青黄。
浓雾知秋晨气润,薄云遮日午阴凉。不须飞盖护戎装。

杨万里

杨万里（1127—1206），字廷秀，号诚斋，自号诚斋野客，吉州吉水（今江西吉水）人。绍兴二十四年（1154）进士，授赣州司户参军。历任国子监博士、漳州知州、吏部员外郎秘书监等。杨万里的诗自成一家，独具风格，形成对后世影响颇大的"诚斋体"。著有《诚斋集》《杨文节公诗集》。

悯 农

稻云不雨不多黄。荞麦空花早着霜。
已分忍饥度残岁，更堪岁里闰添长。

晓登多稼亭三首（选一）

雨前田亩不胜荒。雨后农家特地忙。
一眼平畴三十里，际天白水立青秧。

宋

插秧歌

田夫抛秧田妇接,小儿拔秧大儿插。
笠是兜鍪蓑是甲,雨从头上湿到胛。
唤渠朝餐歇半霎,低头折腰只不答。
秧根未牢莳未匝,照管鹅儿与雏鸭。

秧 畴

田底泥中迹尚深。折花和叶插畦心。
晚秧初撚金狨线,先种输它绿玉针。
云垄雾畴俱水响,丝风毛雨政春阴。
莫听布谷相煎急,且为提壶强满斟。

麦 田

无边绿锦织云机。全幅青罗作地衣。
个是农家真富贵,雪花销尽麦苗肥。

田家乐

稻穗堆场谷满车。家家鸡犬更桑麻。
漫栽木槿成篱落，已得清阴又得花。

圩田二首

其 一

周遭圩岸缭金城。一眼圩田翠不分。
行到秋苗初熟处，翠茸锦上织黄云。

其 二

古来圩岸护堤防。岸岸行行种绿杨。
岁久树根无寸土，绿杨走入水中央。

桑茶坑道中八首（选一）

晴明风日雨干时。草满花堤水满溪。
童子柳阴眠正着，一牛吃过柳阴西。

至后入城道中杂兴十首（选一）

问渠田父定无饥。却道官人那得知。
未送太仓新玉粒，敢先云子滑流匙。

暮行田间二首

其 一

布谷声中日脚收。瘦藤叫我看西畴。
露珠走上青秧叶，不到梢头便肯休。

其 二

水满平田无处无。一张雪纸眼中铺。
新秧乱插成井字,却道山农不解书。

农家六言

插秧已盖田面,疏苗犹逗水光。
白鸥飞处极浦,黄犊归时夕阳。

宿新市徐公店二首(选一)

篱落疏疏一径深。树头新绿未成阴。
儿童急走追黄蝶,飞入菜花无处寻。

尤 袤

尤袤(1127—1194),字延之,小字季长,号遂初居士,晚号乐溪、木石老逸民,常州无锡(今江苏无锡)人。绍兴十八年(1148)进士。历任大宗正丞,太常少卿,礼部侍郎兼修国史,权中书舍人兼直学士,焕章阁侍制、给事中,礼部尚书兼侍读。著有《梁溪集》50卷,早佚。清人尤侗辑有《梁溪遗稿》2卷。

正月二十八日夜大雪

一冬无雪润田畴。渴井泉源冻不流。
昨夜忽飞三尺雪,今年须兆十分秋。
占时父老应先喜,忍冻饥民莫漫愁。
晴色已回春气候,晚风摇绿看来牟。

陈 造

陈造（1133—1203），字唐卿，江苏高邮人。人称"淮南夫子"。淳熙二年（1175）进士。以词赋闻名艺苑。范成大见其诗文谓"使遇欧、苏，盛名当不在少游下"。著有《江湖长翁文集》40卷，已佚。

田家叹

五月之初四月尾。菖蒲叶长楝花紫。
淮乡农事不胜忙，日落在田见星起。
前之不雨甫再旬。秧畴已复生龟纹。
近者连朝雨如注。麦陇横云欲殷腐。
如今麦枯秧失时。举手仰天祷其私。
秧恶久晴雨害麦，兼收并得宁庶几。
饼托登盘米藏庾。侬家岁寒无重稌。
岂知送日戴朝星，凡几忧晴几忧雨。
吾侪一饱信关天，下箸敢忘田家苦。

同沈守劝农十首（选四）

其 一

谁似青君用岁华。遍分春色到幽遐。
房陵远近山千叠，到处东风到处花。

其 二

门横石濑漱潺湲。两两人家柳映门。
花影滟红山影碧，客行疑到武陵原。

其 七

林花断续碧溪长。好在冰奁照靓妆。
泛腻流膏知远近，未妨粉水更添香。

其 十

露粉烟香细孰何。荆扉竹径喜经过。
阳和若作留连计，谁遣飞红扫更多。

王 质

王质（1135—1189），字景文，号雪山，郓州（今山东东平）人。南宋经学家、诗人。著有《雪山集》《绍陶录》《诗总闻》等。

芜湖道中

扰扰千支水，攒攒一簇村。
牛羊纷下括，鹅鸭闹争门。
晚径飘松子，秋田长稻孙。
霜天好风日，壮士铁衣温。

章 甫

章甫,生卒年均不详,字冠之,自号转庵、易足居士、饶州鄱阳(今江西鄱阳)人。少从张孝祥学,为诗推崇江西。著有《易足居士自鸣集》15卷,已佚。

田家苦

何处行商因问路。歇肩听说田家苦。
今年麦熟胜去年,贱价还人如粪土。
五月将次尽,早秧都未移。
雨师懒病藏不出,家家灼火钻乌龟。
前朝夏至还上庙。着衫奠酒乞杯珓。
许我曾为五日期,待得秋成敢忘报。
阴阳水旱由天工。忧雨忧风愁杀侬。
农商苦乐元不同,淮南不熟贩江东。

辛弃疾

辛弃疾（1140—1207），原字坦夫，后改字幼安，中年后号稼轩，济南府历城县（今山东济南）人。南宋著名词人，有"词中之龙"之称。与苏轼合称"苏辛"，与李清照并称"济南二安"。青年时参与耿京起义，并擒杀叛徒张安国，回归南宋，献《美芹十论》《九议》等。著有《稼轩长短句》等传世。

西江月 夜行黄沙道中

明月别枝惊鹊，清风半夜鸣蝉。稻花香里说丰年。听取蛙声一片。

七八个星天外，两三点雨山前。旧时茅店社林边。路转溪桥忽见。

清平乐 村居

茅檐低小。溪上青青草。醉里吴音相媚好。白发谁家翁媪。

大儿锄豆溪东。中儿正织鸡笼。最喜小儿无赖，溪头卧剥莲蓬。

鹧鸪天 戏题村舍

鸡鸭成群晚不收。桑麻长过屋山头。有何不可吾方羡,要底都无饱便休。

新柳树,旧沙洲。去年溪打那边流。自言此地生儿女,不嫁金家即聘周。

鹊桥仙 山行书所见

松冈避暑。茅檐避雨。闲去闲来几度。醉扶怪石看飞泉,又却是、前回醒处。

东家娶妇。西家归女。灯火门前笑语。酿成千顷稻花香,夜夜费、一天风露。

满江红　山居即事

几个轻鸥,来点破、一泓澄绿。更何处、一双鸂𫛚,故来争浴。细读离骚还痛饮,饱看修竹何妨肉。有飞泉、日日供明珠,三千斛。

春雨满,秧新谷。闲日永,眠黄犊。看云连麦陇,雪堆蚕簇。若要足时今足矣,以为未足何时足。被野老、相扶入东园,枇杷熟。

鹧鸪天　代人赋

陌上柔桑破嫩芽。东邻蚕种已生些。平冈细草鸣黄犊,斜日寒林点暮鸦。

山远近,路横斜。青旗沽酒有人家。城中桃李愁风雨,春在溪头荠菜花。

鹧鸪天　游鹅湖醉书酒家壁

春入平原荠菜花。新耕雨后落群鸦。多情白发春无奈,晚日青帘酒易赊。

闲意态,细生涯。牛栏西畔有桑麻。青裙缟袂谁家女?去趁蚕生看外家。

浣溪沙　常山道中

北陇田高踏水频。西溪禾早已尝新。隔墙沽酒煮纤鳞。

忽有微凉何处雨,更无留影霎时云。卖瓜声过竹边村。

姜 夔

姜夔（约1155—约1221），字尧章，号白石道人，一说饶州鄱阳（今江西鄱阳）人。南宋著名词人、音乐家，能自度曲，其词格律严密。其作品素以空灵含蓄著称。著有《白石道人诗集》《白石道人歌曲》等传世。

萧 山

归心已逐晚云轻。又见越中长短亭。

十里水边山下路，桃花无数麦青青。

徐　玑

徐玑（1162—1214），字文渊，一字致中，号灵渊，浙江温州人。徐玑学晚唐诗，宗贾岛、姚合，标榜野逸清瘦的诗风，与徐照、翁卷、赵师秀合称"永嘉四灵"。著有《泉山集》，已佚。今存《二薇亭诗集》1卷。

一　雨

一雨郊原绿，高田水过低。
荷锄烦稚子，馌亩伺良妻。
老去知谁许，归欤得自犁。
缓行溪上石，吟咏到鸦栖。

新　凉

水满田畴稻叶齐。日光穿树晓烟低。
黄莺也爱新凉好，飞过青山影里啼。

翁 卷

翁卷,生卒年不详,字续古,一字灵舒,浙江乐清人。南宋诗人,生平未仕。著有《四岩集》《苇碧轩集》。

乡村四月

绿遍山原白满川。子规声里雨如烟。
乡村四月闲人少,才了蚕桑又插田。

戴复古

戴复古（1167—约1248），字式之，号石屏、石屏樵隐，天台黄岩（今浙江台州）人。南宋江湖诗派诗人。著有《石屏诗集》10卷。

宿农家

门巷规模古，田园气味长。
小桃红破萼，大麦绿衔芒。
稚犬迎来客，归牛带夕阳。
儒衣愧飘泊，相就说农桑。

夜宿田家

篯笠相随走路岐。一春不换旧征衣。
雨行山崦黄泥坂，夜扣田家白板扉。
身在乱蛙声里睡，心从化蝶梦中归。
乡书十寄九不达，天北天南雁自飞。

山 村

雨过山村六月凉。田田流水稻花香。
松边一石平如榻,坐听风蝉送夕阳。

赵师秀

赵师秀（1170—1219），字紫芝，又字灵秀，也称灵芝，号天乐，永嘉（今浙江温州）人。宋太祖八世孙。绍熙元年（1190）进士。历任上元主簿，金陵幕从事，筠州推官。著有《赵师秀集》2卷，已佚。

德安道中

峰头不住起云烟。野水纵横尽入田。
定是人家蚕事末，道傍桑叶小如钱。

约　客

黄梅时节家家雨，青草池塘处处蛙。
有约不来过夜半，闲敲棋子落灯花。

华 岳

华岳，生卒年不详，字子西，自号翠微，贵池（今安徽池州）人。武学生。嘉定十年（1217），登武科第一，为殿前司官属。密谋除去丞相史弥远，下临安狱，杖死东市。著有《翠微北征录》。

田家十绝（选一）

鸡唱三声天欲明。安排饭碗与茶瓶。
良人犹怒催耕早，自扯蓬窗看晓星。

高翥

高翥（1170—1241），初名公弼，后改名翥，字九万，号菊磵，浙江余姚人。南宋江湖诗派中的重要诗人，有"江湖游士"之称。《四库全书》收《菊磵集》1卷。

秋日田父辞二首

其 一

啄黍黄鸡没骨肥。绕篱绿橘缀枝垂。
新酿酒，旋裁衣。正是昏男嫁女时。

其 二

少妇挼蓝旋染裙。大儿敲葛自浆巾。
新摘摘，笑欣欣。相唤相呼看赛神。

江居晓咏

家住清江江上村。江云山影自平分。
几回早起开门看,不见青山见白云。

首 夏

漾漾池塘碧染衣。阴阴草树绿成围。
江村寂寞春归后,一点杨花不见飞。

赵汝燧

赵汝燧（1172—1246），字明翁，号野谷，袁州（今江西宜春）人。宋宗室，嘉泰二年（1202）进士。南宋江湖派诗人。著有《野谷诗稿》。

陇 首

陇首多逢采桑女，荆钗蓬鬓短青裙。
斋钟断寺鸡鸣午，吟杖穿山犬吠云。
避石牛从斜路转，作陂水自半溪分。
农家说县催科急，留我茅檐看引文。

憩农家

似阴还似晴，好风弄轻柔。
土膏春犁滑，竹深鸣禽幽。
农家颇潇洒，潆潆清泉流。
寒余入茅檐，解带为小留。
荆钗三两妇，竞将机杼投。
吹炉问官人，肯吃村茶不。

群儿窗下读，千字文蒙求。
余因拊其背，劝汝早休休。
泓颖才识面，白尽年少头。
耕食而凿饮，胡不安箕裘。
乃翁听我言，急把书卷收。
遣儿出门去，一人骑一牛。

洪咨夔

洪咨夔,生卒年不详,字舜俞,号平斋,临安府於潜(今浙江杭州)人。嘉泰二年(1202)进士。历任吏部侍郎兼给事中、侍读等职。今存《平斋文集》30卷,《平斋词》1卷。

悯 农

麦黄蚕登簇,秧青雨催耕。
农家竭作时,无工搏蚊虻。
短杠雁鹜进,修縩蝼蚁行。
谟盖溪壑满,名言舆梁成。
吞声不敢怨,但愿天长晴。

虞似良

虞似良,生卒年不详,字仲房,号遂轩,自称宝莲山人,又号横溪真逸,浙江杭州人。绍兴末为右宣教郎、知新昌县,历兵部郎官、提举官诰院、监左藏东库。著有《篆隶韵书》。

横溪堂春晓

一把青秧趁手青。轻烟漠漠雨冥冥。
东风染尽三千顷,白鹭飞来无处停。

刘克庄

刘克庄（1187—1269），初名灼，字潜夫，号后村，莆田人。嘉定二年（1209）以门荫补将仕郎，历任州府属官、建阳县知县、枢密院编修官等职。刘克庄与刘过、刘辰翁并称"三刘"，为江湖派重要诗人，又是后期辛派中成就最高的词人。《四部丛刊》收《后村先生大全集》196卷。

田舍即事十首（选一）

溪上渔郎占断春。一川碧浪映红云。
问渠定是神仙否，橹去如飞语不闻。

田舍二首（选一）

雨逗馀寒晓露浓。絮衣着破索重缝。
清狂昔作戴花监，衰病今为卖菜佣。
负耒耦耕沮桀溺，操盂三祝弃句龙。
暮年饱识西畴事，不问家丘问老农。

叶绍翁

叶绍翁(约1194—？)，本姓李，字嗣宗，号靖逸，祖籍建州浦城(今福建浦城)。叶绍翁诗以七绝见长。著有《四朝闻见录》5卷，《靖逸小集》等。

田家三咏

其 一

织篱为界编红槿，排石成桥接断塍。
野老生涯差省事，一间茅屋两池菱。

其 二

田因水坏秧重插，家为蚕忙户紧关。
黄犊归来莎草阔，绿桑采尽竹梯闲。

其 三

抱儿更送田头饭，画鬓浓调灶额烟。
争信春风红袖女，绿杨庭院正秋千。

方 岳

方岳(1199—1262),字巨山,号秋崖,祁门(今安徽祁门)人。绍定五年(1232)进士。方岳诗受杨万里、范成大影响,词风近辛弃疾一派。著有《秋崖先生小稿》。

农谣(选二)

其 四

雨过一村桑柘烟。林梢日暮鸟声妍。
青裙老姥遥相语,今岁春寒蚕未眠。

其 五

漠漠馀香着草花。森森柔绿长桑麻。
池塘水满蛙成市,门巷春深燕作家。

次韵田园居

带郭林塘尽可居，秫田虽少不如归。
荒烟五亩竹中半，明月一间山四围。
草卧夕阳牛犊健，菊留秋色蟹螯肥。
园翁溪友过从惯，怕有人来莫掩扉。

田家乐

前村后村场圃登。东家西家机杼鸣。
神林饮福阿翁醉，包裹馀胙分杯羹。
妇子迎门笑相语，惭愧今年好年岁。
牛羊下来翁且眠，时平无人夜催税。

吴文英

吴文英（约1200—约1260），字君特，号梦窗，晚年又号觉翁，四明（今浙江宁波）人。平生不仕，以布衣出入侯门，充当幕僚。吴文英以词著名，知音律，能自度曲，著有《梦窗词集》，存词340馀首。

江城子 喜雨上麓翁

一声玉磬下星坛。步虚阑。露华寒。平晓阿香，油壁碾青鸾。应是老鳞眠不得，云炮落，海潮翻。

身闲犹耿寸心丹。炷炉烟。暗祈年。随处蛙声，鼓吹稻花田。秋水一池莲叶晚，吟喜雨，拍阑干。

烛影摇红 越上霖雨应祷

秋入灯花，夜深檐影琵琶语。越娥青镜洗红埃，山斗秦眉妩。相间金茸翠亩。认城阴、春耕旧处。晚春相应，新稻炊香，疏烟林莽。

清磬风前，海沈宿袅芙蓉炷。阿香秋梦起娇啼，玉女传幽素。人驾海槎未渡。试梧桐、聊分宴俎。采菱别调，留取蓬莱，霎时云住。

利 登

利登，生卒年不详，字履道，号碧涧，南城（今江西南城）人。淳祐元年（1241）进士。著有《骸稿》1卷，《全宋词》辑录其词13首。

田家即事

小雨初晴岁事新。一犁江上趁初春。

豆畦种罢无人守，缚得黄茅更似人。

乐雷发

乐雷发（1210—1271），字声远，号雪矶，永州宁远（今湖南永州）人。南宋江湖派诗人，著有《雪矶丛稿》5卷。

秋日行村路

儿童篱落带斜阳。豆荚姜芽社肉香。

一路稻花谁是主，红蜻蜓伴绿螳螂。

周 密

周密（1232—1298或1308），字公谨，号草窗，又号霄斋、蘋洲、萧斋，晚年号弁阳老人、四水潜夫、华不注山人，吴兴（今浙江湖州）人。与吴文英齐名，时人称为"二窗"。著有《草窗旧事》《蘋洲渔笛谱》《云烟过眼录》《浩然斋雅谈》《武林旧事》《齐东野语》《癸辛杂识》等。

野 步

麦陇风来翠浪斜。草根肥水噪新蛙。
羡他无事双蝴蝶，烂醉东风野草花。

金 元

元好问

　　元好问（1190—1257），字裕之，号遗山，世称遗山先生，太原秀容（今山西忻州）人。兴定五年（1221）进士。正大元年（1224），又以宏词科登第。历任权国史院编修、镇平县令、内乡县令、南阳县令、行尚书省左司员外郎等职。元好问是宋金对峙时期北方文学的主要代表、文坛盟主，被尊为"北方文雄""一代文宗"。著有《元遗山先生全集》，词集为《遗山乐府》。后人辑有《中州集》。

岳山道中

野禾成穗石田黄。山木无风雨气凉。
流水平冈尽堪画，数家村落更斜阳。

乙卯二月二十一日归自汴梁二十五日夜久旱而雨偶记内乡一诗追录于此今三十年矣

桑条沾润麦沟青。轧轧耕车闹晓晴。
老眼不随花柳转，一犁春事最关情。

后湾别业

薄云晴日烂烘春。高柳清风便可人。
一饱本无华屋念,百年今见老农身。
童童翠盖桑初合,滟滟苍波麦已匀。
便与溪塘作盟约,不应重遣濯缨尘。

耶律楚材

耶律楚材(1190—1244)，字晋卿，号湛然居士、玉泉老人，燕京(今北京)人。蒙古名吾图撒合里（意为长髯人），出身契丹贵族家庭。成吉思汗十年（1215），应成吉思汗之召至漠北，随成吉思汗西征。窝阔台汗三年（1231），任中书令。其文学成就在蒙古国的文人中有重大影响。存世作品有《湛然居士文集》《西游录》等。

西域河中十咏（选一）

寂寞河中府，遐荒僻一隅。
葡萄垂马乳，杷榄灿牛酥。
酿春无输课，耕田不纳租。
西行万馀里，谁谓乃良图。

戴表元

戴表元（1244—1310），字帅初，一字曾伯，自号剡源先生，或称质野翁、充安老人、江南夫子，庆元府奉化（今浙江宁波）人。元代学者、诗文家。著有《剡源集》30卷。

鄞塘田家

经秋心事转衰颓。客舍山村病眼开。
识路牛羊缘坂过，通家燕雀下檐来。
饥从野榼分蔬饭，渴指邻帘贳黍醅。
世事百年谁较是，髯公鼻息昼如雷。

耕 休

耕休何处散烦劳。东埭西梁信所遭。
溪水清清照鱼影，山风细细落松毛。
无名野草疑皆药，有韵村谣例近骚。
稽古只堪农圃用，莫将车马误儿曹。

杨 载

杨载（1271—1323）字仲弘，浦城（今福建浦城）人。延祐二年（1315）进士，授承务郎，官至宁国路总管府推官。杨载与虞集、范梈、揭傒斯齐名，并称为"元诗四大家"。著有《杨仲弘诗》8卷，已佚。

喜 晴

檐外喧喧雀报晴。夕阳犹照小窗明。
回舟更倚南风顺，要听田家打麦声。

金 元

萨都剌

萨都剌（1272或1300—1355），字天锡，号直斋，雁门（今山西代县）人。泰定四年（1327）进士。萨都剌善绘画，精书法，尤善楷书，人称雁门才子。萨都剌作词不多，但颇有影响，后人誉之为"有元一代词人之冠"。著有《雁门集》。

常山纪行（选三）

其 一

绿阴门巷掩柴扉。五月江南笋蕨肥。
何处清香来马上，满山开遍野蔷薇。

其 二

山溜涓涓山雨晴。村南村北鹁鸠鸣。
行人五月不知倦，喜听农家打麦声。

其 五

蚕妇携筐入桑柘，野猿抱子挂松萝。
绿阴门巷客呼酒，黄犊山村人唱歌。

虞 集

虞集（1272—1348），字伯生，号道园，世称邵庵先生、青城樵者、芝亭老人，临川崇仁（今江西抚州）人。虞集是元中期最负盛名的诗人。著有《道园学古录》《道园遗稿》等。今人辑有《虞集全集》。

田 舍

晨昏车马乱云烟。花下追游亦偶然。
百舌无声春亦去，萧萧田舍日高眠。

范 梈

范梈(1272—1330),字亨父,一字德机,人称文白先生,清江(今江西樟树)人。其诗代表了元代中期诗歌的主要风格,著有《范德机诗集》。

邻 灯

星星远映孤村外,炯炯微穿落木间。
知有邻姬思远道,绩麻应待夜深还。

揭傒斯

揭傒斯（1274—1344），字曼硕，号贞文，龙兴富州（今江西丰城）人。元顺帝时，历任翰林待制、集贤直学士、翰林侍讲学士、侍讲学士知制诰等职。参修辽、金、宋三史，任总裁官。著有《文安集》。

渔 父

夫前撒网如车轮。妇后摇橹青衣裙。
全家托命烟波里，扁舟为屋鸥为邻。
生男已解安贫贱。生女已得供炊爨。
天生网罟作田园，不教衣食看人面。
男大还娶渔家女。女大还作渔家妇。
朝朝骨肉在眼前。年年生计大江边。
更愿官中减征赋。有钱沽酒供醉眠。
虽无馀羡无不足。何用世上千钟禄。

王 冕

王冕（1287—1359），字元章，号竹斋、煮石山农，亦号食中翁、梅花屋主等，诸暨枫桥（今浙江绍兴）人。王冕工诗善画，尤以墨梅知名。著有《竹斋诗集》。

村居四首

其 一

断桥分野色，曲径入柴门。
五柳低藏屋，三家自作村。
人情同下里，风俗异东屯。
我老无生计，耕耘教子孙。

其 二

绿槿作篱笆，茅檐挂薜萝。
马车浑不到，樵牧自相过。
卧看归田录，行听击壤歌。
优游只如此，刀锯奈吾何。

其　三

人言村落僻，我处颇清幽。
竹色侵衣冷，江声绕屋流。
欢呼同社酒，出入趁鱼舟。
不用闻时事，桑阴且饮牛。

其　四

局厌廛中隐，宽从野外居。
人情方密熟，礼数觉生疏。
悬楄空浮蚁，陈编扑蠹鱼。
客来纵谈笑，不必问吾庐。

山中杂兴二十首（选二）

其十三

山园无定式，力作是生涯。
近水多栽竹，依岩半种茶。
春风低小草，夜雨出新沙。
不必闻时事，城中减大家。

其十五

石楼含晓色，茅屋静春晖。
野水中间落，云山西面围。
长歌樵担起，短笛钓船归。
景物随时至，诗成思欲飞。

杨维桢

杨维桢(1296—1370),字廉夫,号铁崖、铁笛道人,又号铁心道人、铁冠道人、铁龙道人、梅花道人等,晚年自号老铁、抱遗老人、东维子,绍兴路诸暨州(今浙江诸暨)人。泰定四年(1327)进士。杨维桢的诗以古体乐府著称,人称"铁崖体"。著有《春秋合题著说》《史义拾遗》《东维子文集》《铁崖古乐府》《丽则遗音》《复古诗集》等。

劝农篇

今日当假我,县守初出郭。
出郭到谁家,田父有新约。
桑阴抽炭廖,石畸渡略彴。
田父喜我来,酾酒出杯杓。
招来道上氓,卖刀买黄犊。
水南架鱼梁,水北筑稻屋。
十分麦上场,两番蚕上箔。
永愿吏不妖,重愿岁不恶。
呼妇杀黄鸡,重话田间乐。

明

袁 凯

袁凯（1310—？），字景文，自号海叟，松江华亭（今上海松江）人。以《白燕诗》得名，人皆呼之为"袁白燕"。洪武三年（1370）以荐授监察御史。著有《海叟集》《在野集》等。

耕 田

窳薄非令器，容受固不宜。
六籍虽云诵，于道竟何知。
晚途弃末学，农圃以为师。
方春治台笠，南亩秉镃基。
出入田水间，沾湿岂暇辞。
但愿秋谷成，童稚有粥糜。
沮溺自辞世，小人安敢期。

张 羽

张羽（1323—1385），字来仪，一字附凤，号静居，浔阳（今江西九江）人。为明初十才子之一。官至太常丞，工诗善画。著有《静居集》4卷。

踏水车谣

田舍生涯在田里。家家种苗始云已。
俄惊五月雨沉淫，一夜前溪半篙水。
苗头出水青幽幽。只恐飘零随水流。
不辞踏车朝复暮，但愿皇天雨即休。
前来秋夏重漂没。禾黍纷纭满阡陌。
倾家负债偿王租，卒岁无衣更无食。
共君努力莫下车，雨声若止车声息。
君不见东家妻。前年换米向湖西。
至今破屋风兼雨，夜夜孤儿床下啼。

江村夏日

江村夏景深。蒲稗绿沉沉。
浣女朝相问，渔舟晚共寻。
晴云飞石燕，夜雨斗沙禽。
一听沧浪调，悬知讶此心。

杨 基

杨基（1326—1378），字孟载，号眉庵，吴中（今江苏苏州）人。杨基以诗著称，亦兼工书画，尤善绘山水竹石。著作有《眉庵集》12卷，补遗1卷。

句曲秋日郊居杂兴十首（选二）

其 七

编竹补疏篱，生刍束酒旗。
鸡豚田祖庙，鹰犬猎神祠。
玉糁菰为粉，琼酥豆作糜。
儿童采芦叶，争学短箫吹。

其 十

落叶拥柴扉，村深客过稀。
晓车分谷去，晚笛饭牛归。
渔负雨蓑立，鸟衔霜果飞。
此中真小隐，予亦久忘机。

江村杂兴（选二）

其 五

东瀼复西圻。村村可钓矶。
草于烟处密，花较雨前稀。
小管催莺出，疏帘待燕归。
伤心新柳色，犹妒旧罗衣。

其 七

江桥春别后，沙舸独归时。
鹅鸭东西宅，菰蒲远近陂。
藕深荷盖密，竹瘦笋鞭迟。
野趣谁能识，唯应白鹭知。

徐 贲

徐贲（1335—1380），字幼文，南直隶毗陵（今江苏常州）人，明初画家、诗人。著有《北郭集》6卷。

闲 居

远近兼山水，闲居得野情。
踰垣惊窜鹿，出树见啼莺。
药圃泉边辟，瓜田雨里耕。
喜无冠冕志，因得少逢迎。

题田家

田家无别业，朝夕理东菑。
敢说农功苦，惟忧稼穑迟。
牧归牛饱后，祭散犬迎时。
更得轻徭役，丰年乐有期。

田家行

溪南种田溪北住。屋东栽桑屋西树。
阿翁八十不出户。长男踏车妇织布。
大女送饭小络纱。幼男放牛未还家。
年年纳得官家足。箧有馀布甑有粟。
田家古来多苦辛。饱暖各自全一身。
我愿子孙亲献亩。终身不识离乡苦。

高 启

高启（1336—1374），字季迪，号槎轩，自号青丘子，长洲（今江苏苏州）人。洪武（1368—1398）初，以荐参修《元史》，授翰林院国史编修官，受命教授诸王。高启与刘基、宋濂并称"明初诗文三大家"，又与杨基、张羽、徐贲被誉为"吴中四杰"。著有《高太史大全集》。

晚晴东皋步眺

江明片雨收。树暗一村幽。
篱落疏麻长，田畦曲水流。
禽声初变夏，麦气欲成秋。
闲步看时物，今朝散旅忧。

田园书事

西园春去绿阴成。已觉南窗枕簟清。
帘卷斜阳归燕入，池生芳草乱蛙鸣。
桑过谷雨花犹在，衣近梅天润易生。
独坐正知闲昼永，吟馀消尽篆烟轻。

田舍夜舂

新妇舂粮独睡迟。夜寒茅屋雨来时。
灯前每嘱儿休哭，明日行人要早炊。

夜至阳城田家

东津渡头初月辉。南陵寺里远钟微。
主人入夜门未掩，蒲响满塘鹅鸭归。

耕

江皋闻布谷，荷耜出柴门。
春暖乌犍快，朝晴绿树繁。
深耕行别陇，待馌望前村。
自得庞公计，遗安与子孙。

牧

一笛去茫茫。平郊绿草长。
但知牛背稳，应笑马蹄忙。
度陇冲朝雨，归村带夕阳。
相逢休挟策，回首恐忘羊。

李东阳

李东阳（1447—1516），字宾之，号西涯，谥号"文正"，湖广茶陵（今湖南茶陵）人。天顺八年（1464）进士，选翰林院庶吉士。明代"茶陵诗派"的核心人物。著有《怀麓堂集》100卷、《怀麓堂续稿》20卷。

西湖曲五首（选一）

风落平沙稻，霜垂别渚莲。
西湖三百亩，强半富儿田。

东作庄

知时好雨正当春。黄犊犁边绿水新。
林外不须催布谷，农家自少晏眠人。

茶陵竹枝歌十首(选二)

其 六

侬饷蒸藜郎插田。劝郎休上贩茶船。
郎在田中暮相见,郎乘船去是何年。

其 七

春尽田家郎未归。小池凉雨试絺衣。
园桑绿罢蚕初熟,野麦青时雉始飞。

王九思

王九思（1468—1551），字敬夫，号渼陂，鄠县（今陕西西安）人。弘治九年（1496）进士，选庶吉士。与李梦阳、何景明等人倡导"文必秦汉、诗必盛唐"，史称"前七子"。著有《渼陂集》等。

西郡杂咏十首（选四）

其 七

四野麦秋至。把镰见双穗。
持以献明月，徘徊不忍刈。

其 八

郊外芃芃麦，双岐有几家。
却笑河阳县，只栽桃李花。

其 九

旧雨正当夏，今雨复及春。
隔年新旧雨，恰好慰吾人。

其 十

今为田舍农，昔为山下盗。
回思往时踪，长嗟复大笑。

雷

南山三月雷，夜窗破幽窅。
晓起闻老农，云是丰年兆。

和杏村喜雨二首（选一）

睡觉闻春雨，邻鸡第几声。
檐风吹不断，灯影灭还明。
碧讶琴丝润，青知麦浪平。
杜陵诗句好，喜共古今情。

八 月

八月农方急，连朝雨乍晴。
来牟催播种，蔬果渐收成。
塞雁来霜候，寒砧捣月明。
筑场将刈稻，春酒正含情。

李梦阳

李梦阳（1473—1530），字天赐，又字献吉，号空同子，庆阳府安化县（今甘肃庆城）人。弘治七年（1494）进士。李梦阳是前七子的领袖人物。著有文集《乐府古诗》36卷、《疏书碑志序集文》27卷、《空同集》8卷刊行于世。

柬黄子二首（选一）

径菊陶能得，田瓜邵独勤。
为农消日月，倚杖看风云。
插柳俄成树，笼鹅忽一群。
不须忧万事，客至且醺醺。

田园雨芜客过三首（选一）

地下经年雨，田干满目蒿。
绕篱荒苦竹，小架剩葡萄。
阒寂人还至，壶觞兴并高。
草途烟欲暝，犹遣贳村醪。

田园杂诗五首（选一）

田居亦安娱，患者寡朋仇。
农谈或时歇，仰视苍云流。
青衿者谁子，道言即我谋。
开尊面圃场，剥枣充盘羞。
物小意固勤，觞既情仍留。
晶晶远天色，秋旸下林丘。

早起庄上

为农起常早，每与鸡鸣期。
露重花偏得，林深鸟自迟。
飞星当面过，落月向人随。
玉佩金门外，遥怜待漏时。

边 贡

边贡（1476—1532），字廷实，号华泉子，历城（今山东济南）人。弘治九年（1496）进士，官至太常丞。边贡与李梦阳、何景明、徐祯卿并称"弘治四杰"。有《华泉集选》4卷。

故山道中二首（选一）

素盖凌风转，飘飘度石梁。
田家始晡食，村店已斜阳。
红忆山椒熟，青怜陇麦长。
郊行亦何事，能遣世情忘。

插秧歌

红石冈头夜雨晴。湖田水满接堤平。
行人欲问年丰俭，试向田中听鼓声。

田 家

柳覆崇垣水护门。不依邻舍自为村。
何缘却近山陵道，日夕时闻车马喧。

何景明

何景明（1483—1521），字仲默，号白坡，又号大复山人，河南信阳人。弘治十五年（1502）进士，授中书舍人。何景明与李梦阳齐称文坛领袖，倡导复古。著有《大复集》。

津市打鱼歌

大船峨峨系江岸。鲇鲂鳡鳏收百万。
小船取速不取多。往来抛网如掷梭。
野人无船住水浒。织竹为梁数如罟。
夜来水长没沙背。津市家家有鱼卖。
江边酒楼燕估客。割鬐砍鲙不论百。
楚姬玉手挥霜刀。雪花错落金盘高。
邻家思妇清晨起。买得兰江一双鲤。
筛筛红尾三尺长。操刀具案不忍伤。
呼童放鲤潋波去。寄我素书向郎处。

谢 榛

谢榛(1495—1575),字茂秦,号四溟山人、脱屣山人,山东临清人。谢榛与李攀龙、王世贞等结诗社,为"后七子"之一,倡导为诗摹拟盛唐,主张"选李杜十四家之最者,熟读之以夺神气,歌咏之以求声调,玩味之以裒精华"。著有《四溟集》24卷,《四溟诗话》4卷。

晚登沁州城有感(选一)

客子登临望野田。铜鞮城上月初悬。
清光偏照农家妇,织得春衣办税钱。

孟县道中(选一)

村家农事毕,积雨漫成河。
白聚野凫净,红垂秋柿多。
年衰仍浪迹,转调是劳歌。
一诵鹡鸰赋,归欤向薜萝。

渔 妇

自嫁渔郎不解愁。月高横笛楚天秋。
江村杨柳浑摇落,何处佳人独倚楼。

溪上杂兴(选一)

日暮孤村买浊醪。沧浪歌罢兴逾豪。
芦花如雪点秋水,白鹭背人飞不高。

李攀龙

李攀龙(1514—1570),字于鳞,号沧溟,山东济南人。嘉靖二十三年(1544)进士。李攀龙为"后七子"的领袖人物,被尊为"宗工巨匠",主盟文坛二十馀年,其影响及于清初。著有《沧溟先生集》30卷。

秋日村居(选一)

隐几怜清晓,开轩命浊醪。
西风行薜荔,白露缀蒲桃。
气逼蝉声苦,天含雁影高。
壮心堪自见,秋色正滔滔。

宗　臣

宗臣（1525—1560），字子相，号方城山人，扬州兴化（今江苏扬州）人。嘉靖二十九年（1550）进士，官至福建提学副使。著有《宗子相集》15卷。

楚阳曲（选一）

东村有客到，相留问烹鸡。
妇言且莫烹，租吏到河西。

王世贞

王世贞（1526—1590），字元美，号凤洲，又号弇州山人，南直隶苏州府太仓州（今江苏太仓）人。嘉靖二十六年（1547）进士，累官至南京刑部尚书，卒赠太子少保。李攀龙故后，王世贞独领文坛二十年。著有《弇州山人四部稿》《弇山堂别集》《艺苑卮言》《觚不觚录》等。

暮秋村居即事（选一）

紫蟹黄鸡馋杀侬。醉来头脑任冬烘。
农家别有农家语，不在诗书礼乐中。

夏日村居杂兴十绝（选二）

其 三

晓风微剪绿阴稠。剥啄柴门懒应酬。
卿自衣冠用卿法，野人经月不梳头。

其　五

臑凫蒸饼瓮头春。且喜农家事事真。
论雨论晴天欲暝，柳梢初破月华新。

袁宏道

袁宏道（1568—1610），字中郎，一字无学，号石公，又号六休，湖北公安人。万历十九年（1591）进士。袁宏道反对"文必秦汉，诗必盛唐"的风气，提出"独抒性灵，不拘格套"的性灵说，与其兄袁宗道、弟袁中道并有才名，并称"公安三袁"，其文学流派世称"公安派"。著有《袁中郎全集》40卷。

村居杂题（选一）

古柳半心枯。楼台泻碧湖。
山花权作侑，溪鸟乍名奴。
邻叟询难字，田家挂历图。
老松饶韵格，屋底近千株。

锺惺

锺惺（1574—1624），字伯敬，号退谷，湖广竟陵（今湖北天门）人。万历三十八年（1610）进士。锺惺与谭元春共选《唐诗归》和《古诗归》，名扬一时，形成"竟陵派"，世称"锺谭"。著有《隐秀轩集》。

秣陵桃叶歌（选一）

麦苗春浅互高低。满目青黄望未齐。
畚土挑来钱四十，丁公募挖上河堤。

谭元春

谭元春（1586—1637），字友夏，号鹄湾，别号蓑翁，湖广竟陵（今湖北天门）人。明熹宗天启（1621—1627）间乡试第一。著有《谭友夏合集》。

麦枯鸟

麦枯当晓窗，啼作田家声。
青黄接平畴，老农一饱情。
开窗语麦枯，啼时莫向城。
城中富人子，挟弹伤汝生。
旧谷正须卖，恐令米价平。

渔父词

五步一渔竿，十步一罾架。
饭向江中午，宿向江中夜。
夜来牵鱼晓无力。卖鱼不即将鱼食。
渔伴或有知姓名，但逢樵人已不识。
坚坐无营看山烟。锦缆挂网心烦然。
上下篙师莫相侮，手指林西秋水田。

陈子龙

陈子龙（1608—1647），初名陈介，字人中，一字卧子，又字懋中，号轶符、海士，晚年自号大樽，南直隶松江华亭（今上海松江）人。早年参加以张溥为首的"复社"，又与夏允彝等人结"几社"，为"几社六子"之一。崇祯十年（1637）进士。陈子龙是明末重要诗人，为云间诗派首席，被誉为"明诗殿军"。亦工词，被誉为"明代第一词人"。著有《安雅堂稿》18卷。

仲春田居即事（选二）

其 三

野色淡霏微，携筇更掩扉。
棠梨分晓月，杨柳弄春晖。
藉草乘双屐，当风试袷衣。
最怜烟景在，独与赏心违。

其 七

樊圃青萝合，分畦绿水平。
种贻香稻粒，斋出露葵羹。
许掾曾闻道，庞公事耦耕。

飘摇天地外，真欲宝无名。

初夏绝句（选二）

其　七

平池细雨绿沉天。一径青溪入稻田。
鲦鲤鳞飞明似铠，芙蓉叶放小于钱。

其　八

连阴万树有残红。独笠耕烟隔雨中。
布谷催人春去后，平畴十里楝花风。

清

钱谦益

钱谦益（1582—1664），字受之，号牧斋，晚号蒙叟、东涧遗老、绛云老人，学者称虞山先生，江苏常熟人。万历三十八年（1610）进士，授翰林院编修。明末清初诗坛盟主之一。钱谦益诗文在当时极负盛名，东南一带奉为"文宗"和"虞山诗派"领袖，又与吴伟业、龚鼎孳合称为"江左三大家"。著有《初学集》《有学集》《投笔集》《杜诗笺注》等。

山庄八景诗（选一）

秋原耦耕

山堂之名"耦耕"，为余与孟阳结隐于此也。今改筑于墓田之左，仍揭其额，以招孟阳。

罢亚风吹百顷香。秋原正面耦耕堂。
宿田为我锄稂莠，卒岁输他获稻粱。
黄犊乌犍经国具，水车秧马救时方。
辍耕斗酒还相劳，耳热休歌种豆章。

奉常王烟客先生见示西田园记寄题十二绝句（选二）

其 一

天宝繁华噩梦长。西田茅屋是西庄。
最怜清夜禅灯畔，村犬声如华子冈。

其 七

列槛虞山近可呼。野烟村火见平芜。
闲窗泼墨支颐坐，自写秋怀落叶图。

冯 班

冯班（1602—1671），字定远，晚号钝吟老人，江苏常熟人。从钱谦益学诗，入清未仕。著有《钝吟集》《钝吟杂录》《钝吟书要》《钝吟诗文稿》等。

村居月夜

微云不碍月，木落小庭宽。
老去馀残兴，朋来免独看。
鹊飞愁到晓，牛喘不知寒。
莫问悲秋意，关山行路难。

阎尔梅

阎尔梅(1603—1679),字用卿,号古古,又号白耷山人、蹈东和尚,江苏沛县人。崇祯三年(1630)举人,以诗赋知名,为复社成员,与张溥、陈子龙齐名,明亡不仕。著有《白耷山人集》。

采桑曲

种桑人家十之九。连绿不断阴千亩。
年年相戒桑熟时,畏人盗桑晨暮守。
前年灾水去年旱。私债官租如火锻。
今春差觉风雨好。可惜桑田种又少。
采桑女子智于男。晓雾浸鞋携笋篮。
幼年父母责女红。蚕事绩事兼其中。
桑有稚壮与瘦肥。亦有蚕饱与蚕饥。
忌讳时时外意生。心血耗尽茧初成。
织不及匹机上卖。急偿官租与私债。
促织在室丝已竭。机抒西邻响不绝。
残岁无米贷人苦。妄意明年新丝补。

吴伟业

吴伟业（1609—1672），字骏公，号梅村，别署鹿樵生、灌隐主人、大云道人，江苏太仓人。崇祯四年（1631）进士，曾任翰林院编修、左庶子等职。吴伟业长于七言歌行，初学"长庆体"，后自成新吟，后人称之为"梅村体"。著有《梅村家藏稿》58卷。

西田诗（选二）

其 一

穿筑倦人事，田野得自然。
偶来北郭外，学住西溪边。
道大习隐难，地僻起众传。
而我忽相访，棹入菰蒲天。
落日浮远树，桑柘生微烟。
径转蹊路迷，凫鸭引我船。
香近闻芰荷，卧入花鲜妍。
人语出垂柳，曲岸渔槎偏。
执手顾而笑，此乃吾西田。
长得君辈客，野兴同流连。
藉草倾一壶，聊以娱馀年。

其 三

别业多幽处，探源更不穷。
堤沿密筱尽，路细竹扉通。
石罅枯泉过，菖蒲间碧丛。
一亭压溪头，鱼藻如游空。
扁舟更不系，出没柳阴风。
小阁收平芜，良苗何雍容。
此绿讵可画，变化阴晴中。
隔冈见村舍，曲背驱牛翁。
苦言官长峻，未敢休微躬。
朴陋矜诗书，无乃与我同。
日落掩扉去，满地桃花红。

意难忘　山家

　　村坞云遮。有苍藤老干，翠竹明沙。溪堂连石稳，苔径逐篱斜。文木几，小窗纱。是好事人家。启北扉，移床待客，百树梅花。

　　衰翁健饭堪夸。把瘿尊茗碗，高话桑麻。穿池还种柳，汲水自浇瓜。霜后橘，雨前茶。这风味清佳。喜去年，山田大熟，烂漫生涯。

黄宗羲

黄宗羲（1610—1695），字太冲，一字德冰，号南雷先生，别号梨洲老人、梨洲山人。浙江余姚人。清军入关后，黄宗羲在余姚举兵抗清，达数年之久。顺治十年（1653），返回故里，课徒授业，著述以终。著有《明夷待访录》《明儒学案》等。

山居杂咏

数间茅屋尽从容。一半书斋一半农。
左手犁锄三四件，右方翰墨百千通。
牛宫豕圈亲僮仆，药灶茶铛坐老翁。
十口萧然皆自得，年来经济不无功。

宋 琬

宋琬（1614—1673），字玉叔，号荔裳，山东莱阳人。顺治四年（1647）进士。宋琬诗入杜、韩之室，与施闰章齐名，有"南施北宋"之称。著有《安雅堂集》《二乡亭词》。

春日田家

其 一

白石青沙接草亭。槿篱疏密柳青青。
闲来散帙凭乌几，自写龟蒙耒耜经。

其 二

野田黄雀自为群。山叟相过话旧闻。
夜半饭牛呼妇起，明朝种树是春分。

吴嘉纪

吴嘉纪（1618—1684），字宾贤，号野人，泰州安丰（今江苏东台）人。吴嘉纪以"盐场今乐府"诗闻名于世。著有《陋轩诗集》。

宿白米村

> 黄叶树头下，北风溪上凉。
> 村孤愁独夜，人老适他乡。
> 水店飞萤入，秋田晚稻香。
> 故林望不见，葭菼暮苍苍。

送分司汪苕斯先生归钱塘（选一）

> 范公堤西田父歌。飞得蝗来不吃禾。
> 雨满池塘蒲叶嫩，家家门外鸭儿多。

堤决诗（选一）

　　庚申七月十四日，淘之西堤决。俄顷，门巷水深三尺，欲渡无船，欲徙室无居，家人二十三口，坐立波涛中五日夜。抱孙之暇，作《堤决诗》十首。诗成，对落日击水自歌，境迫声悲，不禁累累涕下。

　　田桑溪柳栖野鸡。洪水西来崩我堤。
　　村村稻苗今安在，川飞湖倒接大海。
　　尽说小船直万钱。谁知楫短不能前。
　　一浪打入水半船。

施闰章

施闰章(1618—1683),字尚白,一字屺云,号愚山,一号媿萝居士,又号蠖斋,晚号矩斋,江南宁国府宣城县(今安徽宣城)人。顺治六年(1649)进士。施闰章名噪清初诗坛。著有《学馀堂诗集》50卷,《学馀堂文集》28卷,《学馀堂外集》2卷,《蠖斋诗话》2卷等。

春雨即事

春雨乍阴霁,残花半有无。
林莺愁不语,水鸭喜相呼。
着槛围庭树,分沙养石蒲。
蓑翁相问讯,田舍已江湖。

水　东

一路花开落,孤莺柳外鸣。
水飞悬嶂裂,沙拥断桥平。
农圃沿溪灌,郊原见鹿行。
相依有亲旧,卜筑好躬耕。

安成至庐陵道中作

山田斜趁岭云低。引得清泉灌绿畦。
春暖插秧乘谷雨，不劳布谷一声啼。

西山即事

山上桃园山下田。花时雨后泻红泉。
田家近日生涯改，半割平冈学种烟。

王夫之

王夫之（1619—1692），字而农，号姜斋，晚年隐居石船山，后人称为船山先生，湖南衡阳人。明清之际思想家。著有《周易外传》《张子正蒙注》《尚书引义》《读四书大全说》《老子衍》《庄子通》等。

偶　望

平田无那素光何。稻叶娟娟浸碧波。
白鸟试飞疑远浦，玄云微断影高柯。
墟烟小困双湾树，砌叶全低一径莎。
不碍小窗消午睡，炉烟孤袅绪风和。

陈维崧

陈维崧（1625—1682），字其年，号迦陵，南直隶常州府宜兴县（今江苏宜兴）人。康熙十八年（1679）举博学鸿词科，授官翰林院检讨，任《明史》纂修官。陈维崧词最工，开阳羡词派，与浙派朱彝尊并称，曾合刊《朱陈村词》。著有《湖海楼全集》等。

解蹀躞　秋雨夜宿田舍

森森孤村断垄，只浪花翻舞。疏檠自绿、茅檐伴人住。休问红糯黄粱，总搴菰米荄丝，湿烟难煮。

夜将曙。白项鸦啼棠树。树西近官路。丛丛古庙、老巫击铜鼓。敢幸今岁西成，只祈暂歇床头，淙淙秋雨。

东风齐着力　田家

绿水湾头，青山叠处，有个人家。藤梢橘刺，秃干蠹槎枒。烂熳田庄风味，篱穿笋、砌吐鲜花。谁相饷，隔墙浊酒，过雨新茶。

溪口路三叉。门半掩、小桥流水栖鸦。芋区鸡栅，零乱向风斜。处处村箫社鼓,丛祠畔、丝管咿哑。君休去,鳜鱼大上,园韭才芽。

浣溪沙 陆上慎移居东郊二首(选一)

背郭沿溪路不遥。杏花村里菜花娇。故人和燕定新巢。
药裹暖分花影晒,渔蓑闲受柳绵飘。小楼长听雨潇潇。

金浮图 夜宿翁村时方刈稻苦雨不绝词纪田家语

为君诉。今年东作。满目西畴,尽成北渚。雨翻盆、势欲浮村去。香稻波飘,都做沉湘角黍。咽泪频呼儿女。瓮头剩粒,为君殷勤煮。

话难住。茅檐点滴,短檠青荧,床上无干处。雨声乍续啼声断,又被啼声、剪了半村雨。摇手亟谢田翁,一曲淋铃,不抵卿言苦。

朱彝尊

朱彝尊（1629—1709），字锡鬯，号竹垞、金风亭长、醧舫、小长芦钓师，浙江秀水（今浙江嘉兴）人。康熙十八年（1679）举博学鸿词科，授翰林院检讨，参修《明史》。朱彝尊为学博赡渊雅，与王士禛齐名，称"南朱北王"，开创浙西词派，在清代词坛居于领袖位置。著有《曝书亭词》《曝书亭集》《经义考》《日下旧闻》《明诗综》等。

夜宿澜石村舍

茅茨隐翠微。一径入斜晖。
留客乌皮几，看山白板扉。
溪鱼供晚食，霜纻改春衣。
不作归田赋，当知万事非。

鸳鸯湖棹歌一百首（选二）

甲寅岁暮，旅食潞河，言归未遂，爰忆土风，成绝句百首。语无诠次，以其多言舟楫之事，题曰："鸳鸯湖棹歌"，聊比"竹枝""浪淘沙"之调。冀同里诸君子见而和之云尔。

其 一

蟹舍渔村两岸平。菱花十里棹歌声。
侬家放鹤洲前水,夜半真如塔火明。

其十一

桃花新水涌吴艚。十五渔娃橹自操。
网得钱塘一双鲤,不知鱼腹有瓜刀。

齐天乐 芋

湖田几棱分姜蔗,青青近依禾黍。趣织声边,牵牛花外,惯滴篱根清露。捎沟倚渚。记锦里先生,小园秋暮。野色柴门,夕阳携客断畦语。

圆荷满陂匀翠,晚来风叶响,一样疏雨。白踏泥中,紫收霜后,便好开筵场圃。燃糠煨处。听昵昵空村,夜阑儿女。深碗模糊,晓光齐下箸。

梁佩兰

梁佩兰（1630—1705），字芝五，号药亭、柴翁、二楞居士，晚号郁洲，广东南海（今广东佛山）人。梁佩兰以诗名家，与陈恭尹、屈大均并称为"岭南三大家"。著有《六莹堂集》等。

放 牛

新雨足高原。耕田且未烦。
山泉随鼻饮，沙路没蹄痕。
食草无空地，为群似一村。
牧童徒拍手，斜立自黄昏。

新 苗

雨长三篙水，田抽二寸苗。
不愁生两耳，先喜出长腰。
海燕飞红寺，江豚浴晚潮。
农谈复何事，新绿影摇摇。

南归杂吟（选二）

其 六

沿洄村岸傍河湑。驴放秋田啮草新。
一缕水烟林影外，打鱼人唤买鱼人。

其二十二

野老田间打麦回。茅堂新酿拨缸开。
村前万顷黄芽菜，都向船头日影来。

采茶歌

采茶女，女何许。
对河村，隔村住。
门有田，水相注。
大兄种瓜，小弟种豆，小妹正学语。
女采茶，独与母，独与母。
提篮采茶出，提篮采茶归。

朝提篮出，暮提篮归。

茶叶青，茶叶碧。

茶叶黄，茶叶黑。

茶变色，日变易。

女知之，母教识。

采茶女，知茶天。

谷雨后，清明前。

风日美，茶香起，风日阴，茶香沉。

采茶还制茶，制茶如惜花。

纤甲挑雀舌，小水浇云牙。

焙火候火性，炙日畏日华。

采茶女，虽采茶。

洁白皙，如在家。

麻者衣，布者服。

乌者发，玉者足。

道上郎，立道旁。

采茶女，避茶树。

终日采茶不嫌苦，百年采茶不嫌老。

于今县官催夫帖又下，嫁郎作夫不如寡。

屈大均

屈大均（1630—1696），初名邵龙，又名邵隆，号非池，字骚馀，又字翁山、介子，号莱圃，广东广州人。著有《广东文集》《广东文选》《广东新语》等。

西园五首（选三）

其 一

西田春夏土膏多。一岁栽蔬一岁禾。
安得农桑来此地，更租塘水种菱荷。

其 二

茨菰冬种夏芙蕖。茭白菱红卖有馀。
玉淑金塘连十里，鱼花多放当园蔬。

其 三

瓜菜西园最有名。芳华苑外野田平。
菱香藕脆家家有，粳稻花吹暑气清。

秋收后作

其 一

渐见穷阴积。霜因白露晞。
寒教梅色浅，暖使菊香微。
十亩男功毕，孤村岁事非。
几家涤场候，鸡黍有馀肥。

其 二

喜母庭前织，丝丝似有心。
人因黄菊至，路向碧溪寻。
酿酒蝉鸣稻，娱宾凤噪琴。
月明田水满，一啸白鸥沉。

捕蟹辞六首（选三）

其 一

捕蟹三沙与四沙。秋来乐事在渔家。
随潮上下茭塘海，艇子归时月欲斜。

其 三

匡螯初蜕及秋肥。母蟹膏多肉蟹稀。
饱食沙田霜降稻，潮乾拾得满船归。

其 六

雪螺霜蟹总甘香。璕琚羹清味更长。
家在郁江多海错，平生不愧打鱼郎。

陈恭尹

陈恭尹（1631—1700），字元孝，初号半峰，晚号独漉子，又号罗浮布衣，广东顺德人。著名抗清志士陈邦彦之子。工书法，时称清初广东第一隶书高手。著有《独漉堂全集》。

新　苗

高田易为瘠，下田易为肥。
高田苗欲密，下田苗欲稀。
春阳三二月，阴雨来霏霏。
无论高与下，青青同一时。
疏如雁行列，密若羊毛披。
清风飒然至，荡漾生涟漪。
回旋合万舞，荏弱不自持。
遥遥极天碧，望望深人怀。
先王制四民，士首农次之。
非时尚不役，矧乃鞭与笞。
一夫不播种，世有受其饥。
须知元元命，系此青青丝。
贱子为老农，敢以告有司。

曹贞吉

曹贞吉（1634—1698），字升六，又字升阶、迪清，号实庵，安丘县城东关（今山东安丘）人。康熙三年（1664）进士，官至礼部郎中。曹贞吉工词，以南宋为宗。论词与朱彝尊旨趣相近。著有《珂雪集》《朝天集》《鸿爪集》《黄山纪游诗》等。

卜算子 秧针

欲制水田衣，难学天衣缝。倦绣空中乱唾绒，点点杨花弄。

卓影刺波明，补得青莎空。乞巧穿来定几时，秋老无人共。

王士禛

王士禛（1634—1711），字子真，一字贻上，号阮亭，又号渔洋山人，世称王渔洋，山东新城（今山东淄博桓台县）人。顺治十五年（1658）进士，官至刑部尚书。王士禛是倡导神韵理论的又一大家，是"神韵说"的集大成者。著有《渔洋山人精华录》《蚕尾集》等。

见田家饭牛者意有所感赋得牛饭就松凉

黄犊东皋暇，青松北涧生。
卧餘芳草软，饭处午阴清。
宁戚歌偏拙，华阳计早成。
劳劳行役者，三叹忆岩耕。

华阴道中

平田漠漠稻花香。百道清泉间绿杨。
二十八潭天上落，无人知是帝台浆。

山中有虫声如击磬甚清越蜀人谓之山子又有花名龙爪甚艳偶成绝句

稻熟田家雨又风。枝枝龙爪出林红。

数声清磬不知处,山子晚啼黄叶中。

峄山即事

雨足烟村事不闲。家家驱犊出柴关。

枣花香遍浓阴合,水碧沙明望峄山。

查慎行

查慎行（1650—1727），初名嗣琏，字夏重，号查田，后改名慎行，字悔馀，号他山，晚年居于初白庵，故又称查初白，浙江杭州人。康熙四十二年（1703）进士，授翰林院编修。查慎行是诗坛"清初六家"之一，继朱彝尊之后被尊为东南诗坛领袖。对清初诗坛宗宋派有重要影响。著有《敬业堂诗集》等。

东田看稻

云气散如涛。秋田罢桔槔。
涨痕侵岸阔，稗草比禾高。
米卜丰年贱，农怜瘠土劳。
预期营一醉，归去涤新槽。

梁溪道中

山水多平远，秋来悉美田。
红姜肥似掌，紫芋大于拳。
玉剥菱腰阔，珠收芡粒圆。
老饕归为口，一味说丰年。

涿州道中书所见

折苇沉沙积潦馀。高田成岸岸成渠。
胡良河上扶犁叟,网得萍根二寸鱼。

武夷采茶词四首（选二）

其 一

荔支花落别南乡。龙眼花开过建阳。
行近澜沧东渡口,满山晴日焙茶香。

其 二

时节初过谷雨天。家家小灶起新烟。
山中一月闲人少,不种沙田种石田。

纳兰性德

纳兰性德（1655—1685），叶赫那拉氏，字容若，原名纳兰成德，号楞伽山人，满洲正黄旗人。大学士明珠长子，清初词人。康熙十五年（1676）进士。纳兰性德与陈维崧、朱彝尊合称"清词三大家"，被近代学者王国维誉为"北宋以来，一人而已"。著有《通志堂集》《侧帽集》《饮水词》等。

渔 父

收却纶竿落照红。秋风宁为剪芙蓉。
人淡淡，水濛濛。吹入芦花短笛中。

南乡子 秋暮村居

红叶满寒溪。一路空山万木齐。试上小楼极目望，高低。一片烟笼十里陂。

吠犬杂鸣鸡。灯火荧荧归路迷。乍逐横山时近远，东西。家在寒林独掩扉。

郁永河

郁永河，生卒年不详，字沧浪，浙江仁和（今浙江杭州）人。清代地理学家，被誉为撰写台湾游记第一人。康熙三十五年（1696）曾以采硫至台湾，以竹枝词形式咏台湾风俗。著有《裨海纪游》《海上纪略》等。

台湾竹枝词十二首（选二）

其 五

蔗田万顷碧萋萋。一望茏葱路欲迷。
裯载都来糖廊里，只留蔗叶饷群犀。

其 六

青葱大叶似枇杷。臃肿枝头着白花。
看到花心黄欲滴，家家一树倚篱笆。

方登峄

方登峄（1659—1725），字凫宗，号屏柘，安徽桐城人。康熙五十年（1711），以戴名世《南山集》案牵连，戍黑龙江。著有《述本堂诗集》。

村 北

野旷朝霭清，峰高日半规。
远风吹水气，淡林结幽姿。
策蹇访故人，村北路逶迤。
碧阴漾千亩，凉露沁心脾。
刈麦走田父，妇子相追随。
老翁欣得食，回头顾其儿。
大儿束麦把，小儿抱豆枝。
歌笑偕邻叟，饮濯清湍湄。
留连缓去路，寓目心情怡。
田间有真乐，朝市知者谁。

赵执信

赵执信（1662—1744），字伸符，号秋谷，晚号饴山老人、知如老人，青州府益都县（今山东淄博）人。赵执信主张"诗之中要有人在""诗之外要有事在"，反对"神韵说"。著有《因园集》《饴山堂集》等。

田庄赠十一弟

结屋偎青壁，当门界白沙。
山云千亩乱，溪月一条斜。
饭美蔬厌雨，楼香枣送花。
比年康乐思，对尔欲无涯。

获鹿至井陉道中三首（选一）

城边沙水路，数里入山村。
高处云封屋，秋来草没门。
牛羊缘涧远，童稚避人喧。
却听樵歌返，前峰日已昏。

沈德潜

沈德潜（1673—1769），字碻士，号归愚，苏州府长洲（今江苏苏州）人。乾隆四年（1739）进士，授翰林院编修。沈德潜论诗主"格调"，古体宗汉魏，近体尊盛唐，并根据自己论诗的宗旨编选《古诗源》《唐诗别裁》《明诗别裁》《国朝诗别裁》等。著有《沈归愚诗文全集》73卷。

田家四时辞（选二）

其 三

螽贼盲风两不伤。四郊共送稻花香。
偿租还可藏馀粒，转忆前年餍秕糠。

其 四

无烦邻女夜舂寒。户户盘匜劝饱餐。
社鼓散馀田父醉，扶归更饮合家欢。

厉鹗

厉鹗（1692—1752），字太鸿，又字雄飞，号樊榭、南湖花隐等，钱塘（今浙江杭州）人。"浙西词派"中坚人物，推崇姜夔、张炎等人为首的宋词南宗，贬低辛弃疾等人的北宗。著有《樊榭山房集》《宋诗纪事》等。

夏日田园杂兴

绿阴门外乱鸣蜩。畏景偏于此地消。
秧动风畦初足雨，荷翻露港慢通潮。
声高与客听芸鼓，味苦呼童种酒瓢。
无事牵牛着凉处，软红十丈自然遥。

秋半苦雨

秋宇何时爽，江云不肯轻。
蛤潮伤楚稻，鱼淰贱吴羹。
客梦偏多绪，农愁非一声。
曾无补天漏，满眼急流横。

郑燮

郑燮（1693—1766），字克柔，号理庵，又号板桥，人称板桥先生，江苏兴化人。清代书画家，为"扬州八怪"重要代表人物，擅画兰、竹、石、松、菊等。有《郑板桥集》传世。

村 居

雾树溟濛叫乱鸦。湿云初变早来霞。
东风已绿先春草，细雨犹寒后夜花。
村艇隔烟呼鸭鹜，酒家依岸扎篱笆。
深居久矣忘尘世，莫遣江声入远沙。

袁　枚

袁枚（1716—1798），字子才，号简斋，晚年自号仓山居士、随园主人、随园老人，浙江钱塘（今浙江杭州）人。乾隆四年（1739）进士，选庶吉士。袁枚倡导"性灵说"，主张诗文创作应该抒写性灵，与赵翼、蒋士铨合称为"乾嘉三大家"，又与赵翼、张问陶并称"性灵派三大家"。著有《小仓山房文集》《随园诗话》《随园诗话补遗》《随园食单》《子不语》《续子不语》等。

劝农歌（选二）

其　一

白门城外好秧田。梅雨初晴六月天。
识字农夫劝农去，竹枝歌当水衡钱。

其　二

劝农莫放锄柄空。劝农莫嗤积谷翁。
东家稻熟早芟草，西家豆稀懒打虫。

刈稻江北作（选一）

老农烟中来，牵犊迎田主。
丰歉各自呈，纷纭具鸡黍。
床前红叶霜，衣上稻花雨。
四邻无杂声，农谈相尔汝。

清

蒋士铨

蒋士铨（1725—1785），字心馀、苕生，号藏园、清容居士，晚年号定甫，江西铅山人。乾隆二十二年（1757）进士，授翰林院编修。著有《忠雅堂诗集》。

田家小憩有作

笑捉犁锄教子孙。戏抛菽粟饭鸡豚。
几人春鬓白成雪，十里菜花黄到门。
闲数年华同世外，坐看雷雨出山根。
也知不识城隅路，汲遍三条井缆痕。

赵 翼

赵翼（1727—1814），字云崧（一作耘崧），号瓯北，别号三半老人，常州府阳湖县（今江苏常州）人。乾隆二十六年（1761）探花，授翰林院编修。清中期史学家、文学家。赵翼长于史学，考据精赅，所著《廿二史札记》与王鸣盛《十七史商榷》、钱大昕《二十二史考异》合称"清代三大史学名著"。著有《瓯北集》等。

青田道中

上濑船迟坐夕晖。画眉声老绿阴肥。
地为山占几无土，水到滩鸣不可矶。
野鸭拗头依石睡，水牛浮鼻渡江归。
羡他茅屋人家好，樵牧终年住翠微。

消夏绝句（选一）

晓拖竹杖看田禾。极目平畴似绿莎。
为爱稻香凝立久，草虫跳上葛衫多。

翁方纲

翁方纲（1733—1818），字正三，一字忠叙，号覃溪，晚号苏斋，顺天大兴（今北京）人。乾隆十七年（1752）进士，授编修。清代书法家、文学家、金石学家。翁方纲论诗主张"肌理说"，倡导求儒复古。著有《苏诗补注》《石洲诗话》《汉石经残字考》《复初斋全集》等。

春耕行二首

其 一

白云山足云一同。菖蒲绿过蒲涧东。
什什伍伍芦管唱，祝田语交杨柳风。

其 二

鱼藻门边罾尾齐。素馨花田翠羽啼。
西江昨夜桃花水，三十二泉翻一犁。

水车三首（选一）

清溪水至浅，尚不供舟行。
两岸农要水，更与舟人争。
遏水于岸旁，中露沙纵横。
舟溯沙一线，妒彼岸水盈。
昨宵雨卷沙，新涨溪有声。
中心水凸起，逆上篙难撑。
却欲傍岸去，正值飞轮鸣。
一水彼此赖，焉得随人情。

范 咸

范咸,生卒年不详,字贞吉,号九池,浙江钱塘人。雍正元年(1723)进士。官至御史,曾巡视台湾。著有《周易原始》《读经小识》《碧山楼古今文稿》《台湾府志》《浣浦诗钞》等。

台江杂咏十二首(选一)

绕篱刺竹插天青。小草幽花未有名。
冷食裸人占夏雨,水田黎妇尽春耕。
插秧鸟语知声吉,悬穗禾间遍室盈。
风起箫琴缘底急,破瓜娇女倍多情。

秦士望

秦士望，生卒年不详，号挹溪，安徽宿州人。雍正七年（1729）拔贡，雍正十二年（1734）任彰化知县。

彰化八景（选一）

肚山樵歌

山高树老与云齐。一径斜穿步欲迷。
人迹贪随岩鹿隐，歌声喜和野禽啼。
悠扬入谷音偏远，缭绕因风韵不低。
刈得荆薪偿酒债，归来半在日沉西。

黄景仁

黄景仁（1749—1783年），字汉镛，一字仲则，号鹿菲子，常州府武进县（今江苏常州）人。黄景仁诗负盛名，和王昙并称"二仲"，和洪亮吉并称"二俊"，为"毗陵七子"之一。著有《两当轩集》。

山　行

村鸡鸣四野，自策蹇驴东。
怪木常争路，长松独受风。
樵歌生涧底，烧气入云中。
回首题诗驿，真成雪上鸿。

春　兴

夜来风雨梦难成。是处溪头听卖饧。
怪底桃花半零落，江村明日是清明。

章 甫

　　章甫（1760—1816），字文明，号半崧，中国台湾台南人。嘉庆四年（1799）岁贡，三次渡海赴试，皆不中。诗文俱工。著有《半崧集》6卷。

沙鲲渔火

沙鲲七线锁台湾。天险东南设此关。
无数渔舟连海岸，几家烟火出江间。
风摇萤点参差碎，浪拍星光错落圜。
夜半烹鱼眠醉梦，不知身在水中山。

张问陶

张问陶（1764—1814），字仲冶，一字柳门，号船山、蜀山老猿，四川遂宁人。乾隆五十五年（1790）进士。张问陶与彭端淑、李调元合称"清代蜀中三才子"，被誉为"青莲再世""少陵复出"，清代"蜀中诗人之冠"。著有《船山诗草》20卷。

看青人

秋稼如云，乡农各雇人守望，曰看青人。阅司坊报单见此，因以入诗。

风回绣陇气清新。耕稼飘然局外身。
便是无田归亦好，草楼长作看青人。

阮　元

阮元（1764—1849），字伯元，号芸台、雷塘庵主、揅经老人、怡性老人，江苏扬州人。乾隆五十四年（1789）进士。清中期经学家，提倡朴学，主编《经籍纂诂》，校刻《十三经注疏》，汇刻《皇清经解》等。著有《揅经室集》等。

吴兴杂诗

交流四水抱城斜。散作千溪遍万家。
深处种菱浅种稻，不深不浅种荷花。

祁寯藻

祁寯藻（1793—1866），字叔颖，一字淳甫，号春圃、息翁、间叟，晚号观斋、馒䬪亭叟，山西平定州寿阳县（今山西寿阳）人。嘉庆十九年（1814）进士，选庶吉士。祁寯藻平生提倡朴学，主张通训诂，明义理，调和汉、宋学术之争。倡导经世致用之学，并身体力行，为士林所推崇，被赞为"一代儒宗"。著有《马首农言》《馒䬪亭集》《勤学斋笔记》等。今人辑有《祁寯藻集》。

巴陵道上

路入巴陵郡，平明四放船。
水光凝远树，雨气逼晴天。
马腹鞭无及，鱼苗网可怜。
村农犹指说，此是老夫田。

过洞庭西湖三首（选一）

渔户萍居惯，洲田草宅多。
茅蒲存有几，稻蟹种如何。

欲绘艰难状，谁怜慷慨歌。
侧闻恩诏下，欢喜涕滂沱。

潜山道中十首（选二）

其 七

沙滩啮水软于肉，稻陇吐芒高过人。
竹里何曾见庐舍，忽然喧笑听偏真。

其 九

潴水南方胜北方。但逢隙地便开塘。
山田荦确成何用，乱插青松当插秧。

魏　源

魏源（1794—1857），名远达，字默深、墨生、汉士，号良图，湖南邵阳人。近代中国"睁眼看世界"的首批知识分子代表。魏源认为论学应以"经世致用"为宗旨，提出"变古愈尽，便民愈甚"的变法主张，倡导学习西方先进科学技术。并提出了"师夷长技以制夷"的主张。著有《海国图志》，今人编有《魏源全集》。

江南吟十首（选一）

急卖田。急卖田。不卖水至田成川。

谁人肯买下河地，万顷膏腴不值钱。

上游泄涨保高堰。下游范堤潮逆卷。何况夏雨淫霖先半畎。

日日望禾长。禾长水亦长。

日日望禾高。禾高水亦高。

闻说有圩能护田。圩能隔水不隔天。

淫霖尚可。坝潦杀我。

但保夏汛不穿堤，愿买豚蹄先禬妥。

油油麦，青青穧。

怕数树梢旧涨痕，梦魂常被蛟龙食。

昨夜西风五坝开。已报倾湖之水从天来。

李振钧

李振钧（1794—1839），字仲衡，号海初，小名燕生，安徽安庆人。道光九年（1829）状元。著有《味灯听叶庐诗草》2卷。

田家小饮（选二）

其 一

卓午款荆扉，田家出未归。
荷锄行得得，唤坐语依依。
菊瘦酒初熟，霜浓蟹正肥。
犹堪敦古处，转叹市交非。

其 四

寒烟高树外，流水小桥西。
绕屋田三亩，窥园茶一畦。
饷无童子黍，食有丈人鸡。
为与东邻约，相将更杖藜。

何绍基

何绍基(1799—1873),字子贞,号东洲,别号东洲居士,晚号蝯叟,湖南道州人。道光十六年(1836)进士,授翰林院编修。晚清诗人,画家,书法家。著有《东洲草堂诗集》《东洲草堂文钞》等。

由澧州至荆州舟中作(选二)

其 二

水意仓皇竟失归。谁分官垸与私围。
良田化作芦花海,鸿雁饥来更不飞。

其 四

闲却耕牛罢服田。尚贪青草向湖边。
一年筋力浑无用,瘦到儿童不忍鞭。

郑 珍

郑珍（1806—1864），字子尹，晚号柴翁，贵州遵义人。道光十七年（1837）举人，选荔波县训导，咸丰（1851—1861）间告归。同治（1862—1875）初补江苏知县，未行而卒。学宗许郑，治经学、小学，亦工书善画。著有《仪礼私笺》《说文逸字》《巢经巢诗钞》等。

网篱行并序

公安五年水，民食于渔，而居稍高地。其种菜即以败网为篱，亦奇观也。

公安民田入水底。不生五谷生鱼子。
居人结网作耒耜，耕水得鱼如得米。
高田鱼落田反芜。生鱼之地变生蔬。
网亦从之变其用，环葱绕芥如围鱼。
以蔬佐鱼生已蹙。以网作篱还诧目。
苟且穷算得新创，何遽丝乃不如竹。
蔬花簇簇蔬叶披。猫戏网中鸡隔窥。
想见鸱鹠与猵獭，出入篱际驱鱼时。
不愁网破篱无补。但惧水反鱼游圃。
此时篱倒蔬亦无，顿顿餐鱼奈何许。

清

播州秧马歌并序

　　吾乡治秧田,刘戎菽等密布田内,用秧马践入泥,俟烂,则播种,其力倍于粪,且不蠹。秧马制以纵木二为端,蕾四横,长倍广,下旁杀,令上面平如足榻状,底如四屐齿,用柔条一或绳贯两端为系,高接手。踏时足各履一马,手提系,摘行茎叶上,深陷之,甚便且速。为歌一篇,俟后谱农器者采焉。

　　谷雨方来雨如丝。春声布谷还驾犁。
　　斩青杀绿粪秧畦。芜菁茬菽铺高低。
　　层层密密若卧梯。外人顾此颇见疑。
　　足舂手筑无乃疲。我有二马君未知。
　　无腹无尾无扼题。广背方坦健骨支。
　　四蹄锐削牡齿齐。踏背立乘稳不危。
　　双缰在手左右持。马首北向人首西。
　　横行有如蟹爬泥。前马住足后马提。
　　后马方到前又移。前不举后后不蹄。
　　转头前者复后驰。人在马上摇摇而。
　　蹊田远过牵牛蹊。绝似软展行蒺藜。
　　柳阴馈饁媚且依。木骎对卧不解饥。

晚风摇波蹙水脐。居然刷洗临清溪。
他日更借人乘之。踏花小郎黄骢嘶。
下鞍两髀红胭脂。岂知老子粪种时。
一足各有一马骑。终身脚板无瘢胝。

山居夏晚

雨散暮天青。馀光照远汀。
草堂明蝙蝠，瓜架织蜻蜓。
晚饭依花聚，林风入酒醒。
闲情更无暇，儿女上池亭。

李慈铭

李慈铭（1830—1894），初名模，字式侯，后改字莼伯，号莼客，室名越缦堂，晚年自署越缦老人，浙江会稽（今浙江绍兴）人。光绪六年（1880）进士。晚清学者，被称为"旧文学的殿军"。著有《越缦堂文集》《越缦堂日记》等。

初夏舟出徐山村缘梅里尖之麓至清水闸二首

其 一

曲曲陂湖雨后行。田居五月有馀清。
稻苗风里欹篷坐，手卷农书听水声。

其 二

梅里山尖眉翠新。山前村落树为邻。
绿阴夹岸林塘午，一路蝉声不见人。

樊增祥

樊增祥（1846—1931），原名樊嘉、又名樊增，字嘉父，别字樊山，号云门，晚号天琴老人，湖北恩施人。樊增祥为晚清同光派的重要诗人，好为艳体，有"樊美人"之称。有《樊山全书》传世。

潜江杂诗十六首（选三）

其　三

十亩回塘岁有租。闲时留客饭秋菰。
湖田姜蔗年来薄，更课山僮种紫苏。

其　五

白鹤楼中四面窗。白鹤楼下清溪长。
田田尽种青荷叶，十里风来并是香。

其十三

薄薄城南二顷田。青鹢白鹭镜中天。
一年一度桃花水，苦累儿家买钓船。

黄遵宪

黄遵宪（1848—1905），字公度，别号人境庐主人，广东嘉应州（今广东梅州）人。黄遵宪积极主张维新变法，倡导诗界革命，喜以新生事物熔铸入诗，有"诗界革新导师"之称。著有《人境庐诗草》。

己亥杂诗（选二）

其二十一

农事传家稷世官。可知粒食出艰难。
妄夸天降忘人力，转当寒冰覆翼看。

其八十一

左列牛宫右豕圈。冬烘开学闹残年。
篱边兀坐村夫子，极口娲皇会补天。

陈宝琛

陈宝琛（1848—1935），字伯潜，号弢庵、陶庵、沧趣老人、听水老人，福州闽县（今福建福州）人。同治七年（1868）进士，选庶吉士。宣统元年（1909），调入京城，充任礼学馆总裁、内阁弼德院顾问大臣、正红旗汉军副都统，成为宣统帝溥仪之师。著有《沧趣楼诗集》《沧趣楼文存》《沧趣楼律赋》等。

三月廿四日再访小帆韧叟涞水村居（选一）

两村还往一牛鸣。炊黍羹蔬数短更。
此景从来谁梦到，菊花开后尚论兵。

清

陈三立

陈三立(1853—1937),字伯严,号散原,江西义宁(今江西修水)人。光绪十五年(1889)进士。陈三立是晚清"同光体"诗派的领袖人物,被誉为中国最后一位传统诗人。著有《散原精舍诗集》2卷,《续集》3卷,《别集》1卷,又有《散原精舍文集》17卷。

田家和叔舆

青蓑挂壁帚支门。圈豕眠牛老屋村。
高日桑麻衣袂暖,残星榆柳桔槔喧。
溪流网护鸳鸯梦,野烧灰寒螟螣魂。
酿熟转怜租税了,岁时风土辋川存。

溪行(选一)

次第观农圃,欹倾蘸水涯。
晚菘肥雨露,断臼篆泥沙。
寒卧旌竿影,声回粉堞笳。
数钱供菜把,溪上两三家。

易顺鼎

易顺鼎（1858—1920），字实甫、实父、中硕，号忏绮斋、眉伽，晚号哭庵等，湖南龙阳（今湖南常德汉寿）人。易顺鼎工诗，讲究属对工巧，用意新颖，与樊增祥并称"樊易"，著有《琴志楼编年诗集》等。

榕城杂咏（选一）

几处闲村落，炊烟树杪分。
蛮丁春种火，稚子夜呼云。
野吹红鹅管，山歌黑蝶裙。
行逢田父醉，久话意殷勤。

山中杂题七绝五首（选一）

骄阳满眼晒田禾。禾黍丛中觅径过。
我与田家同望雨，出山偏是火云多。

丘逢甲

丘逢甲(1864—1912),字仙根,又字吉甫,号蛰庵、仲阏、华严子,别署海东遗民、南武山人、仓海君,中国台湾苗栗人,祖籍广东嘉应州(今广东蕉岭)。台湾割让给日本后,他写"拒倭守土"血书,亲率义军抵抗日寇。著有《岭云海日楼诗钞》。

山村即目

其 一

轧轧车声水满陂。溪山佳处客行迟。
林腰一抹炊烟淡,知是人家饭熟时。

其 二

一角西风夕照中。断云东岭雨濛濛。
林枫欲老柿将熟,秋在万山深处红。

其 三

山田一雨稻初苏。村景宜添七月图。
鸡犬惊喧官牒下,农忙时节隶催租。

饶平杂诗十六首（选一）

莫笑山农语不经。豆棚闲话倚锄听。
量沙测水关何术，争说潭灵井更灵。

梁启超

梁启超（1873—1929），字卓如，一字任甫，号任公，又号饮冰室主人、饮冰子、哀时客、中国之新民、自由斋主人，广东广州新会县人。戊戌变法（百日维新）领袖之一、中国近代维新派代表人物。梁启超推广"诗界革命"，倡导新文化运动。著有《饮冰室合集》。

辛亥三月薄游台湾主雾峰之莱园献堂三兄属题园中名胜得十二绝句（选一）

小习池

一池春水干谁事，丈人对此能息机。
高柳吹绵鸭稳睡，荔枝作花鱼正肥。

李宣龚

李宣龚（1876—1953），字拔可，号观槿，室名硕果亭，晚号墨巢，福建闽县人。曾任商务印书馆经理。有《李宣龚诗文集》传世。

夹江即目

万里岷江洗眼来。水田无处起尘埃。
古榕几树栖归鹭，错认辛夷五月开。